内米洛夫斯基作品集

孤独之酒

〔法〕伊莱娜·内米洛夫斯基 著

黄旭颖 译

Le Vin de Solitude

人民文学出版社
PEOPLE'S LITERATURE PUBLISHING HOUSE

图书在版编目(CIP)数据

孤独之酒/(法)伊莱娜·内米洛夫斯基著;
黄旭颖译. —北京:人民文学出版社,2018
(内米洛夫斯基作品集)
ISBN 978-7-02-014199-9

Ⅰ.①孤… Ⅱ.①伊… ②黄… Ⅲ.①长篇小说-法国-现代 Ⅳ.①I565.45

中国版本图书馆CIP数据核字(2018)第087377号

责任编辑	甘 慧 何炜宏 郁梦非
装帧设计	钱 珺

出版发行	人民文学出版社
社　　址	北京市朝内大街166号
邮　　编	100705
网　　址	www.rw-cn.com
印　　刷	山东德州新华印务有限责任公司
经　　销	全国新华书店等
字　　数	148千字
开　　本	787×1092毫米　1/32
印　　张	6.75
插　　页	2
版　　次	2018年9月北京第1版
印　　次	2018年9月第1次印刷
书　　号	978-7-02-014199-9
定　　价	35.00元

如有印装质量问题,请与本社图书销售中心调换。电话:010-65233595

目录

第一部分 001
第二部分 057
第三部分 103
第四部分 141

译后记 207

第一部分

一

在埃莱娜·卡罗尔出生的这处地方，一阵厚厚的灰尘宣告了夜晚的降临，它们先在空中徐徐飘荡，尔后随着潮湿的夜幕落下。一片深沉的红光浮现在天际，风给城里带来乌克兰平原的气息、淡淡青涩的芬芳、泛着水和河边灯心草的清新。风来自亚洲，它滑入乌拉尔山和里海之间，舞动凛冽的滚滚黄沙，干冷、刺骨，向西面咆哮着消逝而去，于是一切都回复平静。苍白的落日，有气无力地被青灰的云遮掩着，沉入河里。

在卡罗尔家的阳台能看到城市的全景，从第聂伯河到远处的山丘，弯弯曲曲的街道两旁摇曳的灯火勾勒出城市的轮廓，而对面的河岸和草丛里，散布着春天最初开放的花朵。

阳台四周种满精心挑选的专在夜里开放的鲜花，烟草花、水犀草、晚香玉。阳台很大，摆放着晚餐桌、椅子、一张细麻布质地的双人沙发，还有一把靠椅，那是埃莱娜的外祖父老萨甫洛诺夫的。

一家人围坐在餐桌旁安静地用餐。夜晚的小飞蛾，轻盈地舞动着米色的翅膀，纷纷扑向煤油灯的火焰。埃莱娜坐在椅子上，低头看见院子里的金合欢被月光照亮了。院子是荒芜、杂乱的，不过像花园一样种上了花草树木。夏夜里，仆人们在院里说说笑笑，有时能看见一角衬裙在阴影里挪动，不时传来手风琴的琴声或压低的呵斥声：

"放开我，死鬼！"

卡罗尔太太抬起头说道：

"他们在那儿可真快活……"

埃莱娜在椅子上几乎睡着了。夏季开饭晚，她感到双腿还在颤抖。在院子里疯跑后，腿绷得紧紧的；一想起自己追着铁环跑时不由自主发出的尖叫，她的呼吸就急促起来，那叫声像从鸟儿的喉咙里发出来似的。她的手，小小的、笨拙的手，悄悄握着她最爱的黑色小球，把它藏在口袋里，藏在衬裙底下，塔拉丹布做的衬裙划得她的腿生疼。她是个八岁的小女孩，身穿英格兰刺绣裙，腰间系着白色波纹腰带，两个别针别着个蝴蝶结。许多蝙蝠在天上飞，每当有一只悄没声息地低低飞过他们头顶，埃莱娜的法国家庭女教师罗斯小姐，总是轻轻发出一声惊叫，接着又笑起来。

埃莱娜使劲把眼皮撑开一半，看看坐在她周围的父母。她看到父亲的脸笼罩着一层黄色的云雾，微微颤动着，像光环一样，灯火在他疲倦的眼中闪烁。哦不，是真的，煤油灯冒烟了，埃莱娜的外祖母对女佣喊道：

"玛莎！把灯芯弄短些！"

埃莱娜的母亲叹了口气，打了个哈欠，边吃边翻阅巴黎来的时尚报纸。埃莱娜的父亲一语不发，用他细长消瘦的手指轻轻敲打桌面。

埃莱娜只像他一个人，她是他忠实的影像，从他身上继承了眼中的火光、大嘴巴、鬈发和棕色的皮肤。她伤心或痛苦的时候，那棕色就近似于黄色了。她温柔地望着他，他眼里看的，心里怜惜的只有他妻子，那面露不快、把他的手任性地推开的妻子：

"放手，鲍里斯……天热，放开我……"

她将灯拉向自己，其他人陷入了黑暗。她叹着气，一脸烦恼和疲倦的神情，只顾在手指上绞着头发。她个子高挑，身材苗条，是个很好的衣架子，近来有日渐丰满的趋势，她用紧身胸衣与这趋势作斗争。那时的妇女都时兴穿着这种像是护胸铠甲的胸衣，上有两个缎子做的兜，胸部就装在兜里，像篮子里装着水果。她漂亮的手臂很白，涂了粉。埃莱娜看着她那雪白的皮肤，白皙、慵懒的双手和修成爪状的指甲，不禁生出一种奇怪的、近似厌恶的感觉。最后，随着埃莱娜的目光落到外祖父身上，她已把全家人都看了一圈。

月亮把光辉静静地投到椴树顶，山丘后有夜莺在歌唱。银白闪亮的第聂伯河缓缓流淌。卡罗尔太太的后颈被月光照亮，那一点亮光，像坚硬而紧实的大理石，也照亮了鲍里斯·卡罗尔的银发和老萨甫洛诺夫细密的络腮胡子，还微微照亮了外祖母那下巴尖尖、布满皱纹的小脸。她还不到五十岁呢，就显得那么苍老，那么倦怠……寂静笼罩这座外省的城市，它被遗忘在俄罗斯的深处，寂静得沉重、深远，忧愁得令人无法逃避。突然，一辆汽车打破了寂静，从马路上跃上喧哗的人行道。跟着是一阵可怕的轰鸣声、轮胎摩擦声、咒骂声，然后雷鸣般的轰响声远去了……没了……寂静……翅膀掠过树梢……乡间小路上远远传来的歌声忽然被打断，取而代之的是争吵、吼叫、宪兵靴子的踏步声、醉了酒、被人拽着头发拉去警局的女人的哭嚎声……然后重新恢复了宁静……

埃莱娜轻轻掐着自己的胳膊以免睡着，她的脸颊红得像火，黑色的发鬈遮着脖子。她把手伸到头发下边，将它们撩起来，她愤愤地想起来，就是这长发在奔跑中被男孩子们抓住，害得她挨打。她带着骄傲的微笑回想起自己在滑溜的池塘边保持住了平衡。她很疲惫，心里觉着美好，四肢却饱受折磨；她偷偷抚摸着受伤的膝盖，膝盖至今还淤青，伤痕累累。热血无声地撞击着她的身体，她的脚不耐烦地踢着桌腿，时不时还踢到外祖母的腿，外祖母没吱声，免得她挨骂。卡罗尔太太用尖利的声音说：

"把你的手放到桌上。"

然后她又拿起时尚报纸看起来，一边叹气，一边有气无力地轻声读道：

"柠檬色斜纹软绸茶会装，上身饰十八个橙色丝绒结……"

她指间绕了一小缕头发，乌黑发亮，出神地用头发轻抚双颊。她觉得很无聊：她不喜欢像城里其他妇女那样，一过三十岁，就聚在一起打牌、抽烟。她可不愿意料理家务和照顾孩子，要她感到幸福，只有在酒店，在摆放了床和手提箱的房间里，在巴黎……

"啊！巴黎……"她闭上眼出神。在"司机和马车夫聚会"的小咖啡馆用餐，需要时在车厢里过夜，虽然三等车厢里衬着布的座椅并不舒适，但她一个人，自由自在！这儿呢，每扇窗户里都有双女人的眼睛望住她，看她来自巴黎的衣裙、化了妆的脸和陪伴她的男人。这里，每个已婚女人都有一个情人，孩子们称之为"叔叔"，丈夫们和他们一起打牌。"那么，找个情人有什么好处呢？"她心想，思绪回到巴黎的街道，陌生的男子追随着她……至少，这迷人、危险、令人兴奋……和一个陌生男子拥抱，不知他来自何方，也不知他姓甚名谁，未来再也不会相见，只有这样才能令她激动地颤抖，这是她一直追寻的。她想：

"啊！我生来就不是个甘于守着丈夫和孩子的有钱人的太太呀！"

晚餐这时倒是结束了，卡罗尔先生推开盘子，把一个去年在尼斯买的赌盘摆到面前。大家都围上来，他用力把象牙滚珠掷出去，不过，时不时的，当手风琴更大声地在院里回响，他会举起修长的手指，一边继续掷滚珠，一边跟着打节拍，拍子惊人地准，他还半张着嘴，吹口哨附和。

"你还记得尼斯吗，埃莱娜？"卡罗尔太太问。

埃莱娜记得尼斯。

"巴黎呢？你没忘记巴黎吧？"

一想起巴黎、杜勒里花园，埃莱娜就觉得心软软地融化了。棕黄的树叶映着冬日的天空，雨丝散发出温柔的气息，暮霭沉沉的傍晚，一轮淡黄的月亮缓缓爬上旺多姆广场的圆柱……

卡罗尔全然忘了周围还有人，他使劲用手指敲打桌子，看着那粒小滚珠疯狂地旋转，兜圈，心想：

"黑，红，2，8……啊！我差点就赢了……一赔四十四。本钱不过一个金路易。"

可这一切几乎太快了，教人来不及享受运气或冒险带来的快乐，来不及因失败而绝望或因胜利而雀跃。赌纸牌，好极了……可他实力还太弱，太穷了……有一天，或许吧，谁知道呢？

"啊！上帝。啊！我的老天爷呀！"老萨甫洛诺夫太太机械地发出感叹。她的一条腿有点瘸，走得很快；脸上的皱纹，像被泪水洗平了，如同一张旧相片；黄色的脖子上满是皱纹，围着褶子花边领圈。她身穿白色短上衣，总是把手放在平坦的胸前，仿佛每说一个字都会让她的心跳出来似的。她永远那么忧郁、哀怨、胆怯，一切对于她都是唉声叹气的借口。她说：

"哦！生活真糟！上帝多可怕，男人们都狠心……"

接着对她女儿说：

"去吧，你说得对，贝拉。趁着还健康，享受生活吧！吃……你要这个？你要那个？你要我的座位、我的刀、我的面包、我的那份？拿去……拿去，鲍里斯，还有你，贝拉，还有你，乔治，还有你，我亲爱的埃莱娜……拿去吧，我的时间、我的照料、我的血、我的肉……"她说话时好像正用她温柔而黯淡的眼神注视着他们。

可没人领她的情，于是，她缓缓地摇了摇头，使劲叹了一口气：

"好，好，我闭嘴，不说话了……"

而乔治·萨甫洛诺夫，则光着头，直起他干瘦的高大身躯，认真审视他的指甲。他每天要挫两次指甲，第一次要花整个上午，第二次则在晚餐前，他对妇女们的谈话不感兴趣。鲍里斯·卡罗尔是个粗人。"他能娶到萨甫洛诺夫家的女儿该是多么幸福啊……"他摊开报纸。埃莱娜读道："战争……"

她问：

"会有战争吗，外公？"

"什么？"

她问完，大家都打量了她一下，开口前先顿一顿，首先当然是为了看看她母亲对女儿这话的态度；其次，或许因为她还那么小，离大人的世界那么远，让人觉得要到达她的世界得费不少劲。

"战争？你从哪儿听来的？……哦！也许，不知道……"

"我希望不会爆发。"埃莱娜说,觉得这是她该说的。

可他们都嘲笑地看着她。父亲微笑的脸上带着一种温柔、伤感、嘲弄的表情。

"你可真聪明啊你,"贝拉耸耸肩说,"如果发生战争,衣料就会卖得更贵……你不知道爸爸有一家衣料厂吗?……"

她笑了,但笑不露齿。她的脸被薄薄的嘴唇划出锋利、生硬的一道线,那两片嘴唇永远闭着,或许是为了让嘴显得小些,或许是为了遮掩下颚的一颗金牙,又或许是为了显得更高雅。她抬头看看时间:

"好了,去睡觉吧……"

外祖母在埃莱娜经过时用一只手臂揽住她,焦虑的眼睛和疲惫的面容此刻舒展开来:"亲亲,亲亲外婆……"埃莱娜不耐烦,心里使坏,暗中恼火,任由她抱着,老太太越发将她贴在身上使劲揉搓。

埃莱娜唯一乐意接受并回应的只有父亲的吻。只有他的血液、灵魂、力量和软弱才让她感到可爱和亲近。他如雪的银发拂着她,月光将头发照得微黄。他的面容依然年轻,不过已经有了皱纹,双眼时而深邃忧郁,时而狡黠快活、炯炯有神。他笑着拽了拽她的发髻:

"晚安,雷努西亚,我的小宝贝……"

她离开了他们,内心恢复了宁静,欢乐,纯粹而不掺半点杂质的温柔。她握着罗斯小姐的手,上床睡着了。罗斯小姐在油灯的金黄光晕里做针线活。光线穿过她瘦弱的小手,她没戴戒指。透过大褶白色窗帘,一道月光投进来。罗斯小姐心想:"埃莱娜需要添裙子、罩衫和袜子了……埃莱娜长得太快了……"

不时地,一点声响,一丝亮光,一声惊叫,一只蝙蝠的影子,白色平底锅上的一只蟑螂,一切都让她胆战心惊。她叹道:"永远,我是永远住不惯这国家了……"

二

　　埃莱娜坐在她房间的地板上玩。这是一个春天的夜晚，明净、温和。黯淡的天空就像一个混浊的水晶球，在最远的深处蕴含着一道红色火焰留下的火热痕迹。客厅的门半开着，一支法国抒情歌曲传入孩子耳中。是贝拉在唱歌。当她不挫指甲，不躺在餐厅脱了线的旧沙发上唉声叹气的时候，她就会唱歌。她坐在钢琴前唱着，一只手懒懒地伴奏，当唱到"爱情，爱人"时，她发出一种热烈、急切的声调，双唇不再紧闭，徐徐吐出多情的歌词，往日尖利慵懒的嗓音变得喑哑温柔。埃莱娜静静走到门口，目瞪口呆地望着她。

　　客厅铺着仿丝布料，从前鲜活的色彩，如今布满灰尘、黯淡无光。卡罗尔的工厂里生产这种厚棉布，味道闻着像胶水和水果，村妇用它们剪裁礼拜日穿戴的裙子和头巾。不过家具都来自巴黎，巴黎的郊区圣安托尼——绿色和紫红的圆矮凳裹着长毛绒布、木头雕刻的大烛台、各色珍珠镶边的日本灯笼。一盏台灯照亮了被遗忘在钢琴盖上的抛光器。灯光让贝拉的指甲闪闪发亮，它们又圆又鼓，尖尖的，像爪子。每当她少有地产生出母性的温柔，把女儿抱紧在胸前，埃莱娜的脸和光着的手臂几乎总会被她的指甲抓伤。

　　小女孩细步走上前去。贝拉时不时地停止弹唱，手落在键盘上，似乎怀着希望在等待、倾听。可外面是春季冷漠的寂静，只有急躁的风吹来亚洲无尽的黄沙。

　　"当——一切——都——结束。"卡罗尔太太哀唱道，咬紧牙齿。埃莱娜心想:"和她吃水果时一样。"母亲细细的柳眉下闪亮的大眼睛显得如此空洞、迟钝,眼中满是泪水,闪烁的泪珠涌上她的眼眶,却没有流下来。

埃莱娜站在窗前,看着街道。有时,贝拉的姨妈会经过这里,她坐着由两匹马拉着的老四轮马车,车夫一副波兰式的打扮(丝绒马甲、红色灯笼袖,帽子上插着孔雀羽毛),这位姨妈属于年长一辈的萨甫洛诺夫家族的分支,这一分支仍然富有,没有将财产挥霍一空,不需要将女儿嫁给卑微的犹太人,某个底层社会的工厂经理。莉迪·萨甫洛诺夫是个小个子,笔直身板,尖脸,皮肤干燥呈暗红色,大眼睛又黑又亮,胸部受着癌症的折磨,她对此不甘屈服。因为怕冷,她裹在鼬鼠毛皮领里,见到外甥女,她只略微低低下巴,冷淡地打个招呼,嘴唇紧闭,心不在焉,目光茫然,充满冷峻和轻蔑。有时她儿子坐在边上,马克斯还是个少年,瘦瘦的,穿着高中的灰色制服,戴着标有皇室鹰徽的鸭舌帽,细长的脖子上小脑袋抬得老高,和他母亲一样高傲、放肆、惹人厌恶。从侧面看,他像一只钩子,他好像也知道自己瘦,如同他知道随从和马的装备很华丽,膝盖上披的英格兰方格花呢毛毯质量上乘。他的双眼冷漠无神,若在街上遇见,埃莱娜会被罗斯小姐从后面轻轻一推,不情愿地对他们低头致意。马克斯简短回礼,姨婆则透过长柄眼镜怜悯地端详她,金色手柄在太阳下闪闪发光。

可今天,仅有一辆出租马车慢吞吞从窗下经过,上边坐着一位妇人,怀里像抱着一包衣物似的紧紧搂着一个孩子的棺材。平民百姓通过这种方式可以免去丧葬费用。妇人的表情很平静,她在嗑葵花子,面带微笑,也许是庆幸少了一张嗷嗷待哺的嘴,或是宁静的夜里少了一声哭喊。

突然，门开了，埃莱娜的父亲走进来。

贝拉一激灵，盖上琴盖，不安地望着她丈夫，因为他从来不曾这么早从工厂回来。埃莱娜有生以来第一次看见父亲脸上青筋微暴，一阵阵地抽动凹陷的两颊。后来，她才明白这是男人失败的标志，也是灾难的唯一预兆。因为不管在当时还是后来生病、衰老，鲍里斯·卡罗尔都不曾用过其他的表达方式。

他走到客厅中央，显得有些犹豫，脸上强挤出一丝生硬的笑容，说：

"贝拉，我丢了职位。"

她惊呼：

"什么？"

他耸了耸肩，简短答道：

"你听到了。"

"他们解雇了你？"

卡罗尔紧闭着嘴不吭声：

"是的。"他终于应了一声。

"可为什么？为什么？你干了什么？"

"什么也没干。"他的声音嘶哑虚弱，从咬紧的牙缝里小心翼翼发出一声微弱的叹息，埃莱娜感到一阵莫名的怜惜。他随便找了张椅子坐下，一动不动，蜷着背，垂着双臂，盯住地板，嘴里机械地吹着口哨。

贝拉神经质的尖叫吓了他一跳：

"你疯了吗！什么也没干！……他怎么说的？是什么……？天哪，我们一贫如洗了！"

她缓缓地使劲扭着手臂，这动作使埃莱娜想起自己画给美术老师的美杜莎头像上缠绕的蛇。贝拉薄薄的嘴唇抽搐着，跟着是铺天盖地的责怪、呜咽和咒骂：

"你干了什么？鲍里斯！你没权利隐瞒！你有家庭，有孩子！他们不会毫无理由地赶你走！你投机了？……啊，我就知道！承认吧，承认呀！不是？那么是你赌博输了钱？……说话，承认呀，好歹开个口，说点什么！噢！我要被你气死了！"

埃莱娜从敞开的门溜走了，回到自己房间，坐在地上。在她短暂的生命经历中，这样的争吵听得太多了，所以，她一点不觉得难受……他们叫嚷一阵，停一阵……然而，她紧绷的心始终是沉重的。

她接着听到父亲说：

"老板喊我去，既然你想知道，贝拉，他是要和我谈论你。等等。他说你花销太大。等等。你待会再说。他谈到你的裙子、你在外国的旅游，在他看来，凭我的薪水根本无法支付你这些开销。他说银箱掌握在我手里，对我是诱惑，他不想让我有这个机会。我问他钱可曾少了一分。他说：'没有，不过，如果你不改变这样排场的生活，总有一天会少的。'还记得吗，贝拉，我警告过你。每次你买了新裙子、新皮草，每次你去巴黎，我就对你反复说：'当心，我们生活在小城里，别人会说闲话的。'他们会说我的钱是偷来的。工厂老板住在莫斯科。他自然希望能够信任我，可这份信任，他无法给我。如果我是他，我也会这么做的。我拒绝不了你的任何要求。女人的眼泪、牢骚让我头昏。我情愿由着你，哪怕被人看作懦夫、窃贼、奉承老婆的丈夫，因为，总有人会怀疑的……闭嘴，你闭嘴！"他突然喊起来，粗暴的吼声盖过了贝拉说话的声音,"闭嘴!我知道你要对我说什么!是的,我了解你!什么也别说!我什么也不想知道!你是我妻子!妻子,孩子,房子……除此以外,我一无所有!我必须守着你们。"他末了低声说。

"可是,鲍里斯,你说了什么?……你知道自己都说了些什么吗?鲍里斯,我亲爱的……"

"闭嘴……"

"我的生活是透明的……"

"你给我闭嘴!"

"哦!你不再爱我了。几年前,你决不会这样对我说话!还记得吗,我是萨甫洛诺夫家族的人,我原本可以随心所欲地找个人嫁的!可是你来了。还记得我们的结合引出的丑闻吧?有多少次,别人对我说:'你,嫁给他,这个天知道从哪儿冒出来的、不知姓甚名谁的犹太小子!'可是我爱你,鲍里斯。"

"你当时一个子儿也没有,你所有的男朋友又都指望着你的嫁妆,"他苦涩地说,"是我供养你的父母,我这个出身卑微的犹太小子,是我养活你们这些见鬼的萨甫洛诺夫家族的人!是我,我!"

"可我那时爱你,鲍里斯,我爱你!我现在也爱你!我对你是忠贞的,我……"

"够了!我不想听这些!问题不在这儿!你是我妻子,我必须相信我妻子!否则,就没什么干净的东西了,没有了,没有了,"他绝望地重复道,"我们别再说这些了,一个字也别说了,贝拉!"

"是那些妒忌的女人,我们周围那些眼红的老女人,她们无法忍受我的幸运，因为她们知道我很幸福！她们也无法忍受我有你这样的丈夫，无法忍受我，我年轻，招人喜爱！……她们才是罪魁祸首！"

"也许吧。"卡罗尔虚弱地应道。

听他口气有些松动，她立即嚎啕大哭起来：

"我决不，决不相信你会对我说出那样尖刻、伤人的话……我决不原谅你！我尽一切可能让你高兴……我在这世上只有你，总之，就像你只有我一样！"

"说这些有什么用呢？"卡罗尔低声说，用羞涩、痛苦的语气说，"你知道我爱你。"

尽管门关着，话还是一字不漏地传到埃莱娜耳朵里，可她好像什么都没听见，她在用旧书为木头士兵搭一座堡垒。外祖母穿过房间，没弄出一点声响，她老泪纵横，唉声叹气，不过埃莱娜对此并不担心。外祖母总是哭个不停，她经常双眼通红，嘴角颤抖。罗斯小姐在一旁静静地做针线活，埃莱娜狡黠地看看她：

"他们在喊呢……你听见了吗？……发生了什么事？"

罗斯小姐什么也不答，嘴唇紧闭，使劲用指甲压平放在膝盖上的褶边。最后，她总算开口了：

"别去听，莉莉。"

"我没听，可我就是能听到。"

"那些丑恶的女人，"贝拉哭喊道，"那些品行不端、又肥又丑的老女人，她们见不得我从巴黎买来的裙子和帽子。她们全都有情人，她们，你是知道的，鲍里斯。还有那些追求我，被我拒之门外的男人……"

"别趴在地上。"罗斯小姐说。

父母的争吵有时会出现短暂的平静，似乎是为了恢复力量，以便更好地伤害对方。在他们休战的间隙，埃莱娜听到女佣们在厨房边走边唱，她好像比平时更强烈地感受到夜晚的寂静，不寻常的、彻底的寂静。不过她最感兴趣的还是她的堡垒。她充满爱心地指挥木头士兵们，他们被狗撕咬，红色的制服粘住了埃莱娜的手指和裙子。在她眼里，他们是皇家卫队的近卫兵，拿破仑的老部下。她俯下身子，直到感觉发鬈拂到地面，鼻子闻到旧地板的灰尘味。那些大书的书页脱开了，中间的阴影形成一个阴暗、危险的内堡，一个山间的峡谷，塌陷的岩石中，埋伏着军队。她在门口安置了两个哨兵。很快，她将书推倒打乱，心里默诵起圣·海伦娜《回忆录》中的句子，这是她最喜爱的书，几乎能倒背如流。罗斯小姐坐在窗边，利用一天中最后的光线赶手中的针线。世界是多么宁静啊！野鸽在屋顶安详地咕咕叫，然而，隔壁房里，母亲的眼泪，啜泣，呜咽，咒骂直传进她的耳中……埃莱娜站起来，将一只手放在领口处："将军，军官，下级军官，士兵……"她仿佛站在瓦格拉姆平原上，尸横遍野。她如此投入地想象这一切，几乎可以画出来。刚刚放过马的原野被一片黄草覆盖，孩子只顾在这充满血腥与光辉的梦境中出神，一动不动，浑身僵直，大张着嘴，下嘴唇悬在半空，头发凌乱地贴在汗津津的额头上。她呼吸沉重，喉咙有些难受，可事实上，从嘴里发出的嘶哑、微弱、急促的气息能够梳理她的思绪。她乐于想象落日下的绿色小山丘，而自己是国王（她飞快地动了动嘴唇，没有出声。她在心里默念："士兵们，不朽的光辉永远照耀你们！"）。年轻的中尉临死前，在法兰西军旗的金色流苏上印上最后一吻，鲜血从他被穿透的胸膛涌出。她从镜子里看见一个八岁的小姑娘，甚至没认出那就是自己，穿着蓝色的裙子和一件大大的白色罩衫，脸色苍白。内心的斗争让她发呆，她手指沾了墨水，腿又粗又结实，脚上穿着线袜和一双黄色的系带短靴。为了更好地掩饰她秘密的梦想，不让怀疑她的人找出蛛丝马迹，她开始从牙缝里哼唱：

"有一艘小军舰……"

外边院子的矮墙上，一个女人探出身来，喊道：
"喂！这把年纪了还追女人，你也不害臊，老东西？"
远处传来修道院的钟声，在夜晚的清净中显得悠远、沉重。

"……从——从——从来不曾出航……"

士兵们发起了猛攻。天空呈现浅红色，鼓手敲响战鼓。
"回家来吧……孩子们会为你们自豪的……说他曾经光荣地参过军……"
"我们会怎样，鲍里斯？我们会怎样？"
父亲低沉，疲惫地说：
"有什么可悲哀的？难道你生来就没缺过什么？你觉得我没有谋生的能力吗？我不像你父亲那样游手好闲。从我开始工作起，我就没向任何人要求过什么……"
"我是世上最不幸的女人！"
这一回，好像出了奇迹，字字句句直传进埃莱娜耳中，让她心里充满苦涩的怨愤：

"这女人，总是装出一副可怜相。"她心想。

"不幸，真的吗，"卡罗尔喊道，"那我呢，你觉得我就幸福了吗，我？啊！结婚那天，我怎么不干脆自我了断算了？我不过想要一个平静的家，一个孩子。可我只有你和你的叫喊，甚至连个儿子都没有。"

"哦！够了吧，"埃莱娜想，"这次吵架持续得也太久了，好像吵得比平时更凶更坦白。"她一脚踢过去，那些士兵被踢得滚到家具底下去。

她仍然听见母亲那惊恐、阴险的声音。卡罗尔若是喊起来，她通常会闭上嘴或加倍呻吟，任由她的眼泪泛滥：

"瞧，别生气……我一点也不怪你……我们在这里吵个什么劲……还是好好想想要紧……你打算怎么办？"

他们的声音低下去，听不见了。

那墙外探出身子的女人现在缩进去了，还笑着说：

"太老了，我的朋友，太老了……"

埃莱娜走到罗斯小姐身旁，心不在焉地拉扯着她的活计。

罗斯小姐边叹气，边将埃莱娜头发上落到额前的黑色蝴蝶结别回去：

"瞧你热的，莉莉……现在，安静点，也别看书。你看得太多了，去玩你的拼图游戏或是木头棒游戏……"

女佣拿来油灯，门窗紧闭着，有那么短暂的一刹那，在小女孩和女家庭教师周围形成一个封闭而温柔的小小世界，像贝壳，和贝壳一样脆弱。

三

罗斯小姐身材纤细苗条，温柔的脸上线条精致，年轻时一定相当漂亮，优雅又快活，可现在有了皱纹、疲倦、瘦弱，小小的嘴唇周围布满苦涩、饱经沧桑的细纹，这是过了三十岁的女人的特征。她有着南方人特有的灵活的黑眼睛，栗色的头发微呈波浪状，轻盈得像烟雾，按照时兴的样式，高高地盘在头上。她前额的皮肤光滑柔软，散发出上等香皂和紫罗兰精油的香气，脖子上系着一条黑色的绒面项圈，经常穿着白色细麻质地或黑色毛料的短袖衬衫，朴素的半截裙，装饰着扣子的短靴鞋头又长又尖，腰间扎一条点缀着旧钱币的翻皮腰带。她对于自己的纤纤细足和圆润腰身相当满意。她安静而乖巧，克制又明事理。有好几年的时间，她身上一直保持着一种单纯的快乐，尽管这幢缺乏条理的住所、这个没有分寸的国度以及埃莱娜孤僻、古怪的性格让她惊惧和担忧。在这世上，埃莱娜喜欢的人只有她。夜晚，当灯火点亮，埃莱娜坐在她的小书桌前画画或玩剪纸，罗斯小姐就会谈起她的童年、兄弟姐妹、儿时的游戏、乌苏拉修女会的修道院，她就是在那儿长大的。

"在我小的时候，大家都叫我罗塞特……"

"你那时乖吗？"

"有时候乖的。"

"比我乖？"

"你很乖，埃莱娜，除了个别时候，好像被魔鬼上了身。"

"那我聪明吗？"

"是的，但你认为自己比事实上更聪明。而且，莉莉，还有一件事，聪明……既不会让你更好也不会让你更幸福。重要的是心地善良，有勇气，你只是一个平凡的小姑娘，不是为了干惊天动地的大事，而是为了接受上帝的意愿。"

"好的。妈妈是坏人，对吗？"

"什么话，埃莱娜……她不坏，她只是先被她母亲宠坏了，接着被你父亲宠，他是那么爱她，又受到生活的眷顾。她从来不需要工作，也不需要屈服于任何事物……好了，专心画我的肖像吧……"

"我不能。罗斯小姐，你唱首歌吧，求你了。"

"我所有的歌你都听过了。"

"没关系。就唱：'尽管你们夺走了阿尔萨斯和洛林，可我们依然是法国人。'"

罗斯小姐经常唱歌；她的嗓音比较微弱，但纯净而准确。她唱道："玛尔布鲁去打仗，爱情的欢愉片刻即逝，我在你的阳台下叹息，白昼即将来临……"

当她唱到"爱情"二字时，有时也会发出叹息，伸手轻触埃莱娜的头发。她曾经爱过吗？她失去了她所爱的人？她幸福过吗？她为什么来到俄罗斯，照顾别人的孩子？这一切，埃莱娜从来不知道。当她还是小姑娘的时候，她不敢问。长大以后，又情愿在心中保留她的完美印象，这是她认识的唯一一位女性，纯洁安详，不沾染一丝欲念，眼里似乎只看得见纯真欢快的画面。

有一回，罗斯小姐神情恍惚地说：

"我二十岁那年，有一阵子痛苦得想去跳塞纳河。"

她的眼睛变得深邃了，一动不动。埃莱娜感到罗斯小姐的回忆已经进入了幻觉的程度,甚至可以和一个孩子,尤其是和一个孩子,谈起伤心的往事。小女孩的心忽然被一种怪异的、没来由的羞耻感占据。她能从罗斯小姐颤动的嘴唇上猜到所有她憎恶的词:"爱情","亲吻","未婚夫"……

她猛地推开椅子,开始声嘶力竭地唱歌,身体前后摆动,用脚拍打地板。罗斯小姐看着她,脸上掠过惊讶和逆来顺受的表情,叹了口气,不吭声了。

"唱歌吧,罗斯小姐,求你了,就唱《马赛曲》。你知道吗?就是小孩子常唱的那段:'我们前赴后继……'哦!我多么想成为法国人啊!"

"你说得对,莉莉。那是世界上最美丽的国家……"

多亏有罗斯小姐,埃莱娜虽然在尖叫声、争吵声和洗刷碗碟声中睡下,却能对之置若罔闻,就当听到的是风声。在窗户紧闭的闷热屋子里,她知道,这个在灯下忙针线活的恬静女子,就是她的港湾。

贝拉的声音传了过来:

"如果没有女儿,我就走了,我现在就离开你!

她这么说,是因为她丈夫有时会发火,因为看见屋子里乱糟糟的,桌上新添了一顶帽子的包装盒,里边伸出一根羽毛。烤肉又烧焦了,桌布都破了洞,贝拉却说她从来就没打算当一个好家庭主妇,她讨厌房子和家务,只喜欢享乐。"我就是这个样子!你只能原样接纳我。"她说。

鲍里斯也喊,然后就不吭声了。因为,每次的争吵,就像辛辛苦苦地把婚姻的重担扛上肩膀,它又掉了下来,滚到地上。与其弯下腰再多捡一次,还不如忍气吞声一直扛住它。而且,他隐隐约约地害怕这一威胁:"我走。"他知道一直有人向她献殷勤,男人们喜欢她……而他是爱她的……

"天啊!"埃莱娜在半梦半醒之间想,翻了个身,她的长腿顶到小木床的挡板。小木床没跟她一起长大,每年他们都不记得把它换掉,她蜷缩在精致的绣花缎面被褥下。尽管罗斯小姐日复一日织补补,仍有棉絮飘出来。"天啊,但愿她能早点走,大家不再谈论她!她要是死了就好了!"

每天晚上,作祈祷的时候("主啊,请赐予爸爸和妈妈健康……"),她就把母亲的名字换成罗斯小姐的名字,心里怀着模糊而致命的希望。

"何必大喊大叫,说些没用的吓人话呢?"她心想,"为什么讲毫无意义的话?……这女人让人受不了,这个女人,简直是我的苦难。"

当她自言自语时,埃莱娜会用大人的字眼,博学、成熟的词自然而然地冒出来。不过,如果在其他场合用这样的词,她就会脸红,感觉自己像穿着奇装异服四处晃荡那样可笑。开口说话时,她必须把自己的话转换成比较简单、常用、笨拙的句子,这让她说话吞吞吐吐,结结巴巴,她母亲常为此恼火。

"这孩子有时真像个白痴,像是从月亮上掉下来的!"

当她入睡时,睡眠怜悯地把她带回该有的年龄,她的梦境内容丰富,心中充满喜悦的欢呼。

后来,卡罗尔走了,夜晚重新变得寂静。他在西伯利亚的金矿找到一个经理职位,金矿位于泰加森林的亚洲部分。这应该是他发家的起点。现在,房子空荡荡的,只有外祖母在里边,静静地从一个房间走到另一个房间,而她的丈夫和女儿晚餐一结束,就各自走开了。埃莱娜沉沉睡去，童年那令人心醉、温柔的梦乡，让人感觉沉浸在安宁和活力之中。待她醒来，阳光已洒满房间。罗斯小姐在擦拭油漆剥落的旧家具。她身着一件打着细褶子的黑色棉缎罩衫，保护着里边穿的衣服。她已经收拾停当，梳好头发，领口别着一枚金色胸针，紧身上衣，正式的短靴。她从来不曾蓬头垢面，也从不穿肥胖的俄罗斯人穿的邋遢睡衣或古怪长裙。她总是那么井井有条，一丝不苟，小心翼翼，一直到指尖都那么法国，有点矜持，有点爱嘲弄，从不说粗话，很少亲吻。"我爱你吗？当然啦，你乖我就爱你。"可她的生活是以埃莱娜的生活为中心的，打理她的头发，为她剪裁裙子，督促她进餐，带她散步，陪她玩。她从不说教，顶多只有最简单、最常见的劝告：

"埃莱娜，穿袜子的时候不要看书。事情要一件一件地做。"

"埃莱娜，把你的东西整理一下。要做个有条理的女孩，亲爱的。把日常用品整理好，以后你的生活才会有条理，将来和你一起生活的人就会爱你。"

上午就这么过去了。然后，随着午餐时间临近，埃莱娜的心开始变得越来越沉重。罗斯小姐一边替她梳头，一边低声说：

"吃饭要小心，举止要得体。你母亲心情不好。"

卡罗尔走了，走了这么久，以至于埃莱娜已经开始淡忘他的面容，甚至不知道他到底在哪儿。她被交给母亲照顾。

埃莱娜恨死这些午餐了！……有多少次她是在泪水中结束的……直到许久以后，她回忆起这间布满灰尘的阴暗餐厅，仍能闻到泪水的咸味。那些泪水曾经模糊她的双眼，顺着脸颊流下，落到盘子里，和食物的味道混在一起。很长一段时间里，她都觉得肉的余味是咸的，面包也渗满了苦味。

冬日的阳光被阳台挡了,几乎照不进餐厅。有多少次,她望着钉在墙上的旧壁毯,眼里噙着泪水,骄傲地不让它流下来,却无法阻止声音因此而沙哑,颤抖……那以后,每当她回想起童年的这段时光,无不感到旧时的泪水又涌上心头。

"……身体坐直……嘴闭紧……看看你,张着嘴,吊着嘴唇,像什么样子……这孩子成白痴了,我的天!……当心,你要打翻杯子了!瞧,我说什么来着?……杯子碎了吧……好,现在流眼泪了,从前……对,当然,你们总是护着她,你们!……好,太好了,我不干预埃莱娜小姐的教育,埃莱娜小姐如果喜欢在桌上像农妇那样进餐,那就由着她好了,我什么也不管……你能在母亲和你说话的时候抬起头来么?……能正脸看看我吗?……就为了她,为了她自我牺牲,为她埋葬青春,最美好的年华!……"卡罗尔太太怀着对这孩子的怨恨想到,纵使走遍欧洲也得拖着这个累赘,否则,刚到柏林,定然收到孩子外祖母的急电,"儿病,速归",为的只是小感冒或咽喉炎,逼着她连夜返程。孩子……孩子……他们总唠叨着这个词,丈夫,父母,朋友:

"你必须为孩子牺牲自己……想想你的孩子,贝拉……"

孩子,一个活生生的责难,一种束缚……她被照顾得很好……还要怎么样呢?即便是为了孩子,让她将来有个年轻、懂得生活的母亲,难道不好吗?"我母亲在唉声叹气中度过了一生……这样就更好了吗?……"她哀怨地想起阴暗的房子里,一个未老先衰的妇人,两眼通红,只会一味地说:"吃吧。别累着。别跑……"衰老让人变得啰嗦,窒息了一切喜悦和爱的火花,压抑着青春的生长……"我过去不曾快乐过,"她想,"现在就让我享受吧,我不会伤害任何人……等我老了,我会和所有老女人一样,没完没了地唉声叹气……等我老了,我会乖乖地安分守己。"她这么说,因为年老离她还那么远……

这时,午餐结束了。可是对埃莱娜来说,最难捱的还在后头——上前亲吻这张令人生厌的白脸蛋。和她滚烫的嘴唇比起来,这张脸总是显得冷冰冰的,将紧闭的嘴搁到这张她恨不得用手指划破的脸颊上,甚至可能还得说句:"对不起,妈妈……"

她浑身哆嗦,痛苦不已,又像有种奇怪的骄傲,仿佛在她孩童的身躯内包含着一个更老成的灵魂,被冒犯的灵魂在受苦。

"你连声'对不起'都不说吗,是吗?……哦!我的女儿,算我求你,我不强迫你……我要的不是嘴里说的'对不起',而是从心里发出的。去吧!"

可有的时候,会没来由地出现另一种场面,贝拉会心血来潮地焕发出母爱。"这孩子……不管怎么说,我只有她了……男人们都那么自私……将来,她会成为我的朋友,我的小伙伴……"

"好了,埃莱娜,"她说,"别苦着脸……不要那么记仇……我对你嚷嚷了几句,你哭过了,现在结束了,忘了这些吧……过来亲亲你母亲……"

晚餐她通常不在。老萨甫洛诺夫缓缓地在昏暗客厅里踱步,只有冬日的月光照进来。他走着,拖着一条腿,靠在埃莱娜肩膀上,用手指轻抚娇嫩的玫瑰,不论冬天还是夏天,他的纽扣眼里都插着玫瑰;合上盖子的钢琴在月光下闪亮,同样的光线照得老先生的光头像个鸡蛋。他教埃莱娜念雨果的诗歌,摘引夏多布里昂的篇章。此后她一想起外祖父撑在她肩上的那宽大、漂亮、依然细腻的手,沉重、有节奏的脚步,就会不由自主地联想到堆砌的辞藻和华丽哀怨的节奏。

然后，漫长的一天又结束了——童年的日子，过得这样缓慢——接着是晚祈祷，睡觉。深夜里，门响了，她听见母亲的欢声笑语和送她回来的军官的马蹄声。埃莱娜怀着欣赏音乐的乐趣听这叮当作响的银质乐队渐行渐远，接着沉沉睡去。有时，睡眠把她抛回旧日时光，应该就是她童年的这段日子，罗斯小姐还没来，女佣去厨房喝水，把她一个人留在房里，她醒来时，不安地嚷道：

"罗斯小姐，你在吗？"

过了一会儿，黑暗的房间里闪进一个白色身影，穿一条宽大的长睡裙，外罩白色上衣：

"是的，我在这儿。"

"请给我点喝的。"

埃莱娜喝了水，一边顺手把杯子推了出去，她知道有一双亲切的手会接住它，一边睡眼惺忪地喃喃自语：

"你……你爱我吗？"

"是的。睡吧！"

没有亲吻：埃莱娜厌恶亲吻。没有温存，无论肢体的温存还是言语的温存，埃莱娜鄙视温存。但在一片黑暗中，她需要听到这个保证，一声慈爱的"是的。睡吧！"她没有更多的要求。她在枕头上呵气，然后平静地把脸颊放在被吹热的地方，安详地进入了宁静的梦乡。

四

埃莱娜走在罗斯小姐身旁,享受着柔和的温暖,从手上套的暖手笼一直暖到全身。现在是冬天的下午三点,这个季节的夜晚降临得早,街灯已经点亮,商店显得虚幻而神秘,有点让人害怕,招牌下晃动着稀疏的灯光,一只生锈的大木桶在风中咯吱作响,一块金色的大面包外面裹着厚厚一层冰,还有半开的硕大剪刀,张着口,随时准备将天空的黑色裙裾剪下一角。看门人坐在门槛上,钟乳石般的冰块亮晶晶的,倒映在他们身上。人行道两边的积雪堆得齐人高,坚硬,紧实,在灯笼的火光下晶莹闪烁。

她们要去格罗斯曼家。他家的孩子们是埃莱娜的伙伴。这是一个有钱人的家庭,稳定、富有,看不起卡罗尔太太。有女仆打开了一扇门。

隔壁屋里,一名女子笑着说:"别一起来,乖女儿,你们把我的头发弄乱了,真要命!"孩子们欢快地叫着:"妈妈!妈妈!"各种音调的叫声都有,好像把键盘上从一头到另一头的音阶全摁过一遍,紧接着,一个男人的声音响起:"好了,别闹,让妈妈安静一会儿,宝贝们……"

埃莱娜安静地站在那儿,低着眼睛。罗斯小姐牵着她的手,和她一起走进来。

笑声戛然而止。客厅和卡罗尔家的有些相似,同样的大烛台、黑色钢琴、长毛绒圆矮凳,所有去巴黎蜜月旅行的新婚夫妇都定购了相同的款式。不过埃莱娜觉得这里客厅比自己家里的客厅明亮,更令人愉快。屋子中央的细花沙发上躺着一位妇人。

那是格罗斯曼夫人，埃莱娜认识她，却从没见她这身打扮。她穿着鲜艳的玫瑰红细麻晨衣，怀里搂着一群孩子。她的丈夫，一名秃发的年轻男子，嘴上叼着根雪茄，站在沙发一头，向他妻子俯下身子。他看上去闷得发慌，目光有点不耐烦地从眼前的家人游荡到门口，如果可能，他恨不能从那里欢天喜地溜走。不过埃莱娜没看他，她热切地注视着年轻妇人和她的三个孩子。那位母亲的乌发散落着，被孩子不耐烦的小手扯乱了。最小的一个，仰面躺在母亲怀里，伸长脖子，像小狗一样，轻轻咬着母亲的脸颊和脖子。

"这一位脸上倒没有化妆。"埃莱娜酸溜溜地想。

两个年长的孩子坐在母亲脚边。老大脸色苍白，体弱多病，黑色的发辫在耳朵上盘成圆饼状，而老二则有着胖乎乎的红润脸颊，看着让人想咬一口。亲吻这样的脸颊，埃莱娜几乎可以想象它们在嘴里融化的感觉，像水果。

"我就没有这么好看的脸颊。"埃莱娜心想，可是她又看见格罗斯曼的脸，带着抽搐的机械式微笑，目光转过去死死盯住门口。"他烦得不行呢。"她心里幸灾乐祸。有时候，她灵魂中的某个神秘部位似乎能猜出别人的心思。

"埃莱娜，你好啊！"格罗斯曼夫人柔声说道。

她个子瘦小，长得不美，活泼轻快而又优雅得像只小鸟，话音中透着一丝怜悯。

埃莱娜低下头，厚重的皮袄让她喘不过气。她隐约听到头上有声音说：

"我给娜塔丽带了领子的样板来……"

"哦！罗斯小姐，你真是太可爱了……埃莱娜快累散架了，是吧,埃莱娜?和我的女儿们玩一会子吧……"

"哦不!谢谢,夫人,天晚了……"

"好吧,那么下一次……"

红色的灯发出那么柔和、那么温暖的光……埃莱娜望着那件装饰着细布褶边的飘逸晨衣,三个女儿压在上边,拿它的皱褶来裹住自己,全然不担心将它损坏。母亲一面说话,一面抚摸三个黑色的小脑瓜,一会儿摸摸这个,一会儿摸摸那个。

"她们可真丑,真愚蠢,"埃莱娜气急败坏地想,"像婴儿一样粘在母亲脚边,多丢人啊!……娜塔丽比我还高一个头呢……"

孩子们默默地相互打量着。娜塔丽似乎看出了埃莱娜的窘迫,感到颇为得意,她不停地将调皮的胖脸蛋在母亲裙摆下藏起又露出来,只要肯定母亲看不到她,她就鼓起腮帮子,拧着嘴,伸出舌头,眼睛斜到一边,做出可怕的鬼脸。一旦格罗斯曼妇人的眼睛落到她身上,她就立马恢复温和、满面笑容的胖天使模样。埃莱娜又听到:

"卡罗尔先生走了?……去两年,是吗?"

"去开发金矿"。罗斯小姐应道。

"西伯利亚。多可怕呀……"

"他倒没有埋怨,我想那里的气候适合他。"

"一去两年呢!可怜的孩子……"

罗斯小姐将埃莱娜的脸拉过来亲,埃莱娜使劲往后躲。

生来第一次,她为自己的被遗弃感到耻辱,她不愿在这些人面前被家庭教师抚摸。

她们走出来。这一回,埃莱娜走在前头,每当罗斯小姐想牵她的手,她都轻轻将手抽回,平静地,带着阴冷的坚持,像狗挣脱束缚自己的项圈。走到街道拐角处,凛冽的寒风抽打着她的脸,疼得她眼泪都流出来了。她悄悄用毛皮手套粗大的末端擦拭眼皮和鼻子,手套上已经结了星星点点的冰花。

"把暖手笼放到嘴前面……背挺直,埃莱娜……"

声音徐徐传进埃莱娜耳朵里,她把背挺直,可不一会儿,头又低下去了。她的思想第一次有了延续性,她想到她的生活,别人的生活,热切地希望在自己的生命中寻找柔情的、稳定的元素。她的天性使她不会因枯燥无味的失望而气馁。

"我也可以,等我回到房间坐下,点上灯……我们马上就回去了……我要坐到黄色的小书桌前……"

她温柔地想象着依她身材定制的小书桌、油漆过的木料、煤油灯、绿色的陶瓷地球仪,乳白色的灯光洒在书上。

"不,我不要看书……所有这些书让我烦躁,让我不开心……应该高兴,像其他人那样……今晚,刷牙之前我要喝一杯牛奶,吃面包片,还有最后一根巧克力棒……他们看不见时,我就把《回忆录》藏到枕头下面……不,不。今天晚上,我要剪纸,画画……我很幸福,我要做一个幸福的小女孩。"她一边想,一边呆呆地站在一个门廊下,阴暗的玻璃窗上雪融化了,如泪水般滑落。漫天的冰雪和黑暗在她眼中交织,汇成汹涌、漆黑的海洋。

五

从埃莱娜懂事开始,星期天对她来说就成为怀着悲伤和焦虑度过的日子。罗斯小姐周日下午要到法国朋友家中聚会,埃莱娜被交托给年迈的外祖母,她的慈爱让人吃不消。做完功课,没有什么能消遣空虚的时光,没有什么能让她逃避到另外一个世界去,一个被傍晚的最后一抹余晖环绕的、温柔的世界,五斗橱上的瓷器叮当作响。星期天,她刚摊开一本书,外祖母就哼哼上了:

"亲爱的,我的蜜糖心肝,你的漂亮眼睛会看坏的……"

她要玩:

"别蹲地上。你会受伤的。别跳!当心摔倒!别把球往墙上扔!会打搅外公。过来坐我膝盖上,亲爱的,来靠在我心口……"

衰老的心脏,和埃莱娜的稚嫩心脏比起来,蠕动得那么冰凉、迟缓,然而又带着不安和热情跳动着;昏花的老眼往前探,怀着一丝渺茫的希望在孩子脸上寻找一种相似、一份回忆、一张遥远的面容……

"噢!外婆,放开我。"埃莱娜嚷道。

埃莱娜离开后,外婆就成天无所事事。她将瘦削的双手叠放在膝盖上。手的形状很可爱,但被岁月以及家务印上了色斑和皱纹,对家务她忽而专心致志,忽而撒手不管,在熨烫、洗涤、女厨子的埋怨中寻获一份压抑的快感。她的一生写满了灾难与不幸,经历过贫穷、疾病、亲人的亡故,曾经被欺骗、背叛,感到女儿和丈夫耐着性子忍受她。她生来就苍老、不安、疲倦，身边的人却充满了活力和贪婪的欲望。不过一种预见得到的悲伤最让她感到痛苦，她虽也为过去流泪，但更多的是为将来担忧。她的哀怨压得埃莱娜几乎窒息，她冒失的言语让埃莱娜惊恐万分，那恐惧一直透进心里，成了挥之不去的阴霾。恐惧孤独、死亡、黑夜、不安全感，害怕罗斯小姐有朝一日一去不回。通常当大人们说着孩子们听不懂的话时，就用一种假惺惺的慈爱目光看着他们，有多少次，她朋友的母亲们眼里透着虚伪地对罗斯小姐说：

"要是你愿意……我们可以出到每月五十卢布或更多。我和我丈夫说过了，他非常乐意。你这是在糟蹋自己啊，亲爱的罗斯小姐，何苦呢？孩子都是忘恩负义的……"

生活是动荡的，不稳定、不确定，一切都无法长久。难以平息的激流卷走亲人，卷走平静的日子，将他们带得远远的，再也不会回来。孩子独自安静地坐在角落里，手里拿着本书，冷不丁打了个寒战。她仿佛预感到世上的孤独。房间变得可怖了，充满敌意，灯光照亮的小圈子以外，只有黑暗笼罩着，它向埃莱娜伸展，蔓延过来。阴影爬到她身上，令她喘不过气。她吃力地摆脱它，像游泳的人用张开的双臂划水。门底下透进来的一道白光让她心里一凉。夜晚来了，罗斯小姐还没回来……可能再也不回来了……

"她不会回来了。总有一天，她再也不会回来。"

大人们什么也不会告诉她。有一次，他们就是这样向她隐瞒了她狗狗的死讯。为了避免她纠缠不休的眼泪，他们对她说："它病了，不过它会回来的……"就这样，让她在悲伤之外又添上希望的折磨。同样，罗斯小姐要是哪天走了，他们也不会和她说什么。晚餐时，虚伪的面孔围坐在她的周围。

"快吃。去睡觉。她被人家留住了。会回来的。"

她仿佛已经听见了虚伪和怜悯的话语。她忿恨地看看四周，什么也没有，陪伴她的只有寂静，令人丧气的宁静，还有时常刺伤、折磨她内心的恐惧。她必须把这份焦虑保留在血液中，把它作为遗传缺陷，适应它。她感到令人不安的恐惧整个儿地压在她柔弱的骨骼上，这恐惧已经让她家族里那么多的人折了肩膀，白了头发。

可是，十岁的时候，她开始在星期天的寂寞中发掘出一份凄凉的魅力。她爱上了漫漫长日中的极度宁静，日子安安静静地转动，像许多忧郁的小太阳，在以不同节奏运转的另一个宇宙里。

阳光慢慢爬上壁毯，从前的紫红色，经过夏天的侵蚀，现在褪成了粉红。待它升到顶端的饰脚线，就只剩金色的一小块光亮，渐渐消失了，只有白色的天花板，明晃晃地映着天空。

这是初秋的日子，空气冰凉、清新。竖起耳朵，能听见冷饮小贩穿街走巷的铃声。院子里，树皮被八月的风剥落了。这样的气候下，八月已经是秋天了。树木被削弱得只剩树冠上点缀的几片摇摇欲坠的叶子，深红，干枯，阳光穿过树叶洒下来。

有一次，埃莱娜走进母亲的卧室。她喜欢到这儿来，觉得这样窃取她的秘密更能令她吃惊。她开始对母亲感兴趣，对她陌生的生活感兴趣，她现在成天不着家。心中对母亲那份不寻常的恨不断滋长，好像随着她一同成长起来。恨，如同爱，有一千个理由，却没有一个理由能解释清楚，这也像爱一样。

"因为她是她，因为我是我。"

她走了进去。她打开抽屉，摆弄来自巴黎的衣服、饰物，它们凌乱地散落在橱子里。隔壁，外祖母高声问：

"你在那儿干吗呢？"

"我在找打扮用的发卡。"埃莱娜回答。

她坐在地毯上，手里拿着一件在五斗橱底发现的衬衫。

衣服被扯破了好几处。一只手，应该是粗壮而有力的手，抓破了蕾丝肩带，只剩下几根丝连着带子。它散发出一股奇怪的气味，混合了她母亲令人憎恶的香水和烟草的臭味，还有一种更浓郁、更热烈的味道，埃莱娜猜不出也认不得，但是她用力闻着，感到吃惊、尴尬，甚至还有点害臊。

"我讨厌这香味。"她对自己说。

她反复将丝绸碎布凑到脸前。一条琥珀项链扔在抽屉底。她将它拿过来，在手里攥了一会儿，又重新拿起衬衫，闭上眼睛，像要在记忆里找出什么。可是没有，她什么也想不起来，只有孩子的冷漠感第一次在她心底苏醒，让她感到羞耻，一种讽刺的怨恨。最后她把衬衫揉作一团，扔到墙上，用脚踩，接着走出房间，可那香味牢牢粘在她手上和罩衫上，一直被她带入梦乡，和那些孩童的梦境融为一体，仿若春日里一声遥远的召唤、一个音符或野鸽刺耳、哀怨的叫声。

六

玛纳塞家住的木屋位于城里一个偏僻的街区，四周被花园环抱，他家的儿子们是埃莱娜的朋友。秋意渐浓，大人小心地把孩子们关在房间里，怕被风吹着，这种风是俄罗斯人避之唯恐不及的。此外，这一年，埃莱娜星期天来和小玛纳塞们玩的最盛大的游戏，最带劲的运动，就是从学习室窗户翻出来，爬过客厅的阳台，纵身跳进花园。花园里已经落了第一场雪，他们穿上流浪的老朝圣者的衣服，在他们眼里，那是最浪漫、最英武的装束了，装备着树枝、木头军刀、马鞭，扮演士兵、盗贼，互相扔雪球。雪沉重而松软，尚未结冻、变硬，还留有腐烂的泥土的涩味、雨水和秋天的气息。

玛纳塞家的儿子们是两个面色苍白的胖男孩，金发，虚弱，迟钝，温顺。埃莱娜打发他们在堆放工具的角落里用树枝和干树叶搭建一座小屋，自己则趴在阳台的阴影里，全神贯注、静悄悄地观察着玛纳塞夫妇和他们的朋友的言谈举止。他们在灯下安静地玩牌，不过，在她的想象中，他们代表着奥斯特利兹战役前夕奥地利和俄罗斯的高级统帅。小玛纳塞们就是远方了不起的、难以捉摸的拿破仑大军。他们正在建造的小屋，则是一座要塞，能否将其攻克，成败在此一举。小玛纳塞们围坐在一张绿色桌子边上，活像奥地利参谋部的官员们在俯身看地图，而她呢，就是年轻英勇的上尉，黑暗中，不顾风雪交加，冒着生命危险，突破防线，潜入敌人的阵营腹地。

在这个宁静的城市里，报纸和书籍的言论都受到限制，人们在谈话中甚至不敢提及公共事务，私生活则静谧、稳当得像条平坦的河流，悄无声息地从诚实的平庸流淌到诚实的自在，通奸随着观念的变化和时间流逝而被接受，得到赞赏，成为光彩的第二婚姻，受到包括丈夫在内的所有人的尊重。人们的热情在纸牌、激烈争夺后获取的蝇头小利中找到了宣泄的渠道。昼短夜长，他们就这样靠玩牌打发时光。今天在这家，明天去那家，玩惠斯特牌或惠因特，随他们高兴。

肥胖的玛纳塞太太坐在一张高背扶手椅里，脸色如面粉般惨白，头上高耸着染成金色的头发，丰满的胸脯耷拉到肚子上，而肚子则垂在膝盖上，肥嘟嘟的脸蛋抖动得像凝胶。她丈夫戴副眼镜，双手苍白、冰冷，她的情人呢，由于被使用的时间过长，显得比丈夫更老，头更秃，人也更胖。他们分别围坐在她两边。正对着窗户坐着一位年轻的女士，黑色的头发在额前盘成长长的螺旋形发髻，她不断地抽烟，滔滔不绝地说话，忧虑的时候像德尔夫①的碧蒂②，鼻子里吐出芬芳的缕缕轻烟。她抬头时发现了埃莱娜贴在窗户上那张惨白的小脸。

玛纳塞太太摇摇头，责备地说："说过多少次，不许孩子们在这种天气到外面去！……"她打开窗户。埃莱娜从窗口滑入，跳进屋里。

"别责怪你的儿子，夫人。他们不想忤逆你，他们待在房间里呢！"她边说边抬起一双无辜的大眼睛望着玛纳塞太太，"我嘛，我穿得很多，所以不怕冷。"

---

① Delphes，希腊城市名。
② 希腊神话中的预言家。

"这些孩子呀!"玛纳塞太太轻叹了一声。

不过,当她的孩子们回到屋里时,她只是轻轻一笑,带着杏仁皂香味的手拨弄着埃莱娜的发鬓:

"多美的头发!……"

可是让她把这样的赞美用到贝拉·卡罗尔的女儿身上,实在太难为她了,于是她闭紧嘴唇,只轻轻挤出一声像长笛的声音:

"它们不是生来就鬈的,对吧?"

"毒蛇,走开。"埃莱娜心想。

"你父亲现在要住到彼得堡去么?"

"我不知道,夫人。"

"她的法语说得真好!"玛纳塞太太惊叹道。

她继续轻描淡写地夸赞埃莱娜的头发。她的手白皙肥胖,轻轻一压就有了凹痕。她时不时双手高举,轻轻摇摆,为的是让血液倒流下来,保持皮肤的白皙。她拨开遮住埃莱娜耳朵的头发,遗憾地发现她的耳朵很小,并且形状工整。她小心地把发鬓放回鬓角。

"你们不觉得她这纯正的口音很讨人喜欢吗?……罗斯小姐是巴黎人,这看得出来。她有品位,手指像仙女般灵巧……你妈妈运气真好!这么说,你不知道你父亲要去彼得堡?……当然,你们也要去。你妈妈什么也没告诉你?"

"不,夫人……还没有……"

"这么多年后再见到爸爸,她一定很高兴……啊!这对她该是多么美好……要是让我和我亲爱的丈夫分开……我想都不敢想,"玛纳塞太太同情地说,"不过每个人的性格不同,幸好……两年,是吧?你父亲离开有两年了?"

"是的，夫人。"

"两年……你还记得他吧，我想？"

"哦！是的，夫人。"

她还记得她父亲吗？"当然。"埃莱娜想。一想到父亲，她的心就舒张开来，想象着他还是老样子，就像从前在夜里来到她房间时的模样……

"这居然是他走后我第一次想到他。"埃莱娜想着，心里充满温情和内疚。

玛纳塞夫人问道：

"妈妈不觉得闷么？"

埃莱娜冷冷看着她四周充满好奇的面孔。那年轻妇人的鼻孔抽搐着，吐出的烟成了蓝色的圈圈。男士们冷笑着，"唔"了一声相互交换眼神，有的用干燥而关节粗大的手指末端敲打桌面，有的抛给埃莱娜怜悯而讥讽的目光，有的轻叹，有的耸肩。

"她不闷……"

"啊！啊！"一位男士笑着叫起来，"常言道，童言无忌呀！我认识你母亲的时候，她和你现在的年纪差不多，小姐。"

"你在老萨甫洛诺夫还富贵的时候就认识他了？"玛纳塞夫人问道，"我住到这里来的时候，他已经老了。"

"我早就认识他。他挥霍掉了三份财产，他母亲的，他妻子的，还有他女儿的，那是老萨甫洛诺夫夫人的父亲留给她的。三份财产呢……"

"还不算他自己那份，我猜……"

"他从来不曾有过一个子儿，可照样活得好好的，我敢肯定。至于贝拉，我认识她时她还是个小学生……"

埃莱娜脑海中浮现出母亲孩提时的模样,圆脸的胖女孩,盘起的头发用梳子卡着。可是,她把这画面赶得远远的。想到她惧怕又厌恶的母亲和别人一样也曾经是个小姑娘,同样有权利指责父母的某些行为,这和埃莱娜长期以来在心里暗自刻画的母亲简单、粗暴的形象有太多出入。

玛纳塞夫人咕哝道:

"她有双漂亮眼睛。"

"她像父亲,没得说!"一个声音不无遗憾地说。

"哦!我亲爱的……"

"怎么啦!这种事时有发生。不过我认识一个总走运的人……"

"伊万·伊娃尼齐,胡说,闭嘴吧!"玛纳塞夫人笑道,撇了埃莱娜一眼,那意思是,孩子会听懂的……孩子是无辜的……

"你多大了,埃莱娜?"

"十岁……夫人……"

"是大姑娘了……她母亲想必很快就会为她张罗婚事。"

"她不会犯难的。你们知道照着事态的发展速度,卡罗尔很快就会成为亿万富翁。"

"别夸张!"玛纳塞太太说,似乎突然间吐字困难,仿佛被字划伤了嘴,"听说,他赚了很多钱。有人说他发现了一座新金矿,我觉得可能性微乎其微;也有人说他改进了旧金矿的开发,这还有些可能。我不知道。对于一个男人……精明的男人……来说,发财的方式多种多样。不管怎么说,挣得快的钱去得也快。亲爱的朋友们,满世界跑可不是挣钱的最好方式。不过,上帝知道,我但愿他财源滚滚,这可怜的人……"

"你知道，有人说：'走运的……'"

"好了，好了，别说了……你们就像爱嚼舌的老太太。别评判别人，自己也就不会被人评判。"玛纳塞夫人说。她将埃莱娜拉到胸前，吻了她的脸颊。埃莱娜觉得反感，感到自己陷进滚烫、沉甸甸的、颤动的乳房中间。

"我现在可以去玩了吗，夫人？"

"当然，当然了，快去玩吧，我的小埃莱娜！在这儿就放心玩吧，去吧，我可怜的孩子……她的屈膝礼行得多好啊……真可爱，这孩子……"

埃莱娜跑回花园，男孩们对她的到来欢呼雀跃，手舞足蹈，挤眉弄眼。孩子们在假期即将结束时，用这种方式来表达他们难以抑制的喜悦和疲倦。她简单地命令道：

"向前看！向右看齐！齐步走！……"

她肩上扛着一根木棒，长长的朝圣服飘在身后，秋天的雪干冷、银白、闪亮，飘飘扬扬地落下来。夜幕早已降临，她拖着她沉沉的装备，唉声叹气，气喘吁吁地走在车辙中、荆棘里，惬意地品味着风以及空气中冰冷潮湿的味道。

可她的心，在胸中沉沉地塞满了复杂、异样而不可名状的痛楚。

七

夏天，天气转暖时，埃莱娜就出门到公园里玩。空气中灰尘弥漫，散发着马粪和玫瑰的味道。穿过马路，都市的喧嚣就戛然而止。街道两边都是花园，满是野生老椴树，林荫道那头的房屋几乎都被遮住了。不时能从树枝的缝隙中窥见一座小教堂的粉红墙壁和金色钟楼。街上没有一辆车，行人也很少，落在地上的叶子减轻了脚步声。埃莱娜跑在前面，又幸福地跑回罗斯小姐身边，有点迫不及待，她孩子气地不停转圈，身边有许多狗在散步。她感到自由、快活、强壮，身上穿着镶着英国产刺绣花边的白裙子，裙子上打了三个褶，系一条波纹腰带，两只硕大、摇摇晃晃的蝴蝶结被两重别针牢牢地固定在上过浆的塔拉丹布衬裙上。她头戴一顶饰有蕾丝花边的草帽，发间系一个白色蝴蝶结，脚上穿着双漆皮鞋，黑色镂花真丝袜。尽管衣着考究，她还是兀自奔跑，跳跃，爬上每张长椅，跳脚碾碎绿叶，以至罗斯小姐不停地说：

"你会把裙子扯烂的，莉莉……"

可是她不听，她十岁了。生活虽然有困难、也有苦涩，但她仍感到全身充满了令人心醉的幸福。

街心花园对面有一段短短的斜坡。那里的人行道上，许多年老的妇女在卖草莓和嫩玫瑰，她们赤脚蹲在尘土中，头发上包着白色头巾以遮挡太阳，桶里装满水，腌制着青涩的小苹果。

有时，长长的队列沿街经过，那是来参拜著名的第聂伯修道院的朝圣者。老远就能闻到一股污垢和伤口的气味，他们高唱着颂歌前行，身后扬起漫天的黄尘。雪白、透明的椴树花落到他们裸露的头顶，挂到乱蓬蓬的胡须上。胖胖的主教们披着黑色齐整的长发，高举着重重的金色神像，在阳光下射出一束束光芒。尘土，军乐，朝圣者的喊叫，空气中飞舞的向日葵仔，这一切形成一种醉人、狂野的节日气氛，令埃莱娜头昏、陶醉，又隐约有些反感。

"快过来！"罗斯小姐说，拽着她的手往前走："他们很脏……身上什么病都有……快点！埃莱娜……"

每年在这个季节，朝圣者一过，就有瘟疫吞噬整个城市。孩子们受的伤害最重，去年格罗斯曼家的大女儿就死了。

埃莱娜听话地往前跑，可是她仍能听见，风将歌声的回响吹过来，向第聂伯河飘去。

花园里，有人在演奏军乐。铜管乐器和军鼓组成的军乐队热闹非凡，大学生们围着池塘慢慢转圈，而中学生们则手拉着手从左到右往相反的方向转。人群上方，尼古拉一世皇帝的雕像沐浴在阳光下，也毫不吝惜地反射出炽热的光辉。

大学生和中学生们在擦肩而过时笑着，低声交谈，交换鲜花，传递纸条，许下诺言。爱情、欲望、卖弄风情的伎俩，所有这一切埃莱娜都不放在眼里，不是她不了解，只是她对此并不好奇，而是鄙视，她在心里称之为"这玩意"。

"瞧他们那样抛媚眼，细声细气地说笑、叫嚷，多愚蠢啊！"

游戏，奔跑，美极了……有什么能和奔跑时的快乐相提并论，头发甩到脸上，脸颊滚烫得像火焰，心跳得几乎蹦出来，有吗？急促的呼吸，花园疯狂地在身边旋转，几乎无法自制地尖叫，有什么快乐能将它取代？

快些，更快些……有时会撞到散步者的腿，在池塘边滑跤，摔倒在冰冷、柔软的草丛中……

昏暗的林荫道是不许去的，阴暗角落的长椅上，情侣们在接吻。然而，埃莱娜和跟她一起玩的男孩们最后总会你追我赶地闯到那儿去。两个苍白的脸颊靠在一起，两张温柔、颤抖的嘴相互紧贴着，不过孩子们冷漠的眼睛对他们可是视而不见。

有一天，十岁那年的夏天，埃莱娜跳进林荫道，蕾丝蝴蝶结被栅栏的尖端划破了，她躲进草丛里。对面一张长椅上，两名情侣拥抱在一起。充斥花园的集市喧闹声随着傍晚的来临平静了许多，只听见远处传来有趣的低语、洒水声、鸟儿的歌唱，有人压低嗓门在说话。阳光照不进橡树和椴树的穹隆。埃莱娜往后仰面躺下，看见傍晚六点的阳光闪烁在树冠上。滚烫的汗水顺着面庞流下，被风吹干了，皮肤觉得凉爽、温和。她闭上眼睛。让男孩们去找吧……他们真烦人……金色、透明的小虫停在较高的草尖上，又飞起来。她看得不亦乐乎，只见它们待在那儿，在翅膀下轻轻喘气，那翅膀似乎张开得挺吃力，接着身子鼓起来，然后突然消失在天空中。她想它们这样能飞得更轻松。她欢快地在草丛中打滚，把热乎乎的小手掌压在草上，脸颊轻柔地摩擦着芬芳的泥土。透过栅栏，她看见宽大的街道上空无一人。一只狗坐在石头上舔伤口，呻吟着，大声哼哼，钟声缓慢、懒洋洋地敲响。过了好一会儿，一群疲惫而孤独的朝圣者走来，他们没有开口歌唱，只是赤脚吃力地走在尘土中，胸前挂神像的带子在宁静的空气中微微晃动。

长椅上，坐着一位年轻女孩，身穿城里高中生的制服——棕色制服裙，外套黑色罩衫，扎紧的头发在平顶草帽下梳成一个小小的发髻。她正在和波南斯基,一名波兰律师的儿子,偷偷地接吻。

"白痴!"埃莱娜心想。

她讥讽地看着黑色头发下掩映着的一阵粉一阵红的灼热的脸颊。男生以胜利者的姿态将高中生的灰色鸭舌帽抛到颈后,帽子上镶有皇家的鹰旗标志。

"你这是愚蠢的偏见,托尼亚,请允许我这么说。"他嘶哑的嗓音与小男孩很不相称,有时还夹杂着小孩那样尖细、柔和的变音。

他说:

"要是你愿意,今晚,我们就到第聂伯河边去,月光下……要是你知道那有多美就好了……我们在草地上点燃熊熊篝火,然后睡下。就像在床上一样舒服,还能听见夜莺的歌唱……"

"哦!别说了!"女孩喃喃说道,脸通红,柔弱地推开正在解她胸衣扣子的双手,"我当然不会去……要是我家里知道了……我害怕,我不希望让你们看不起……你们都一样……"

"亲爱的!"男孩说着,将她的脸揽入怀中。

"可怜的傻瓜,"埃莱娜想,"不,我问你们,她从中能得到什么幸福、什么快乐呢?拿脸去蹭硬邦邦的金属纽扣,到他胸口去闻校服粗糙的布料,啐……这难道就是他们所说的爱情?"

男孩急不可耐的手粗鲁地撕扯女孩黑罩衫的两肩,把衣服扯破了。埃莱娜瞧见两个发育还不完全的小乳房露出来,柔软、雪白,被恋人贪婪地握在手中。

"呸,真恶心!"她暗地里不屑地说。

她忙不迭转过脸去,钻进摇曳的草丛中。晚上起风了,风里带着不远处河流的气息，还有河边的灯心草和芦苇的味道。有一会儿，她想象着月光下缓缓流淌的河流，还有岸边点燃的篝火。她患百日咳那年，医生建议她常呼吸新鲜空气，父亲便在下班后常带她去坐小船，有时在黄昏去，天黑时停在一座白色的小修道院里，小岛上类似的修道院很多。是很久以前的事了……她隐约记得当时家里的房子似乎与现在不同，更像别人的房子，更"自然"……她挖空心思想找出另一个词，念道：

"……更自然……他们那时吵架，可……不一样……所有的人都吵架……现在，她从来不在家……我想不出，她能上哪儿去呢，整夜整夜的？"

这样想着，她记起母亲有时会谈到第聂伯河的夜晚，以及河边老椴树上夜莺的歌唱……

她轻轻吹着口哨，捡起落在草丛里的一根树枝，慢慢剥起了树皮。

"月光下的第聂伯河，夜晚……爱情，恋人，爱情。"她喃喃道。稍微停顿了一下，她又低声念出她母亲常吟诵的法国抒情歌曲里的词：

"情人……一个情人，这叫做情人……"

她继续在记忆深处搜寻别的东西……然而，该回家了。浇水器开始往丁香花上喷水，浓郁、温和的花香弥漫到空气中。她站起来，往长椅走去，眼睛转到一旁。

但是，当她走到林荫道尽头时，尽管不情愿，还是偷偷撇了一眼待在那儿的情侣，隐隐觉得反感、羞耻和好奇。他们接吻时，那么安静、那么温柔，以至于有那么一瞬间，埃莱娜的心里仿佛被一支酸楚的利箭穿过。她耸耸肩，像老妇人那样宽厚地想道：

"噢！让他们接着吻吧，只要他们高兴……"

她翻过栅栏，任凭上边长满的荆棘划破裸露的小腿，然后绕了一个大圈回到罗斯小姐所在的林荫道，罗斯小姐正在为她的花边领圈绣两个爱尔兰结。

她们往家的方向走去，埃莱娜一声不吭，低头走在罗斯小姐身边。暮色中，仍能清晰地看见尼古拉一世的雕像耸立在底座上，一脸木讷地俯瞰沉睡的城市，可街上只有黑暗，花香，低语声，鸟儿最后发出的困倦的鸣叫，蝙蝠在月亮上淡淡的影子，圆圆的月亮很漂亮，是粉红色的……

家里空无一人……天知道"她"去哪里了……外祖父在"弗朗索瓦"咖啡馆的露天座上吃冰激凌，叹息着回忆巴黎的"托尔托尼"咖啡馆。随着刚刚降临的夜晚的热气，芳香的冰激凌融化了。他读的法文报纸在微风中哗哗作响。埃莱娜不在乎他，他可惦记着她，善意、温柔地记挂着她。全世界他只爱她……贝拉是个自私鬼，一个坏母亲……"至于她的品行嘛，感谢上帝，这就不是我该管的了……再说，贝拉说得也对，世上只有爱情最重要……可是小宝贝……她那么聪明……小宝贝会受苦的……她已经明白了，她有预感……"哦，算了吧！他能做什么呢？他讨厌争论、说教、吵闹……

到了他这年纪，他有理由歇会儿了……还有钱，钱……钱不是贝拉的，但她每次都巧妙地让他明白，全靠她和她丈夫他们才能生活……同样地，每次她都提及被他挥霍掉的财产……亲爱的孩子……然而，她是爱他的。她为他感到骄傲，为他常驻的青春、华丽的衣着和纯正的法国口音……他们相处得相当愉快，互不拘束，互不干涉……一切都会解决的，今后……她也会老……会和其他女人一样，忙于飞短流长，打牌度日，也许，还会对女儿产生迟来的关爱……

一切都有可能……没什么特别要紧的……他最后要了一支黄连果冰激凌，望着星星，慢慢品着。

家里，外祖母在窗前踱来踱去，哀叹道：

"埃莱娜……埃莱娜还没回来……早上下雨了……罗斯小姐用法国方式教她……法国方式，"她忿恨地想，"敞着窗户让孩子吹风……"

啊！她太讨厌罗斯小姐了……她心里装满了羞怯的、深深的怨恨……可都藏在心底，她只说：

"这些家庭教师，这些外国人，她们不会像我们一样爱孩子的……"

埃莱娜静静走着，觉得口渴了。她贪婪地想象着等待她的冷牛奶，用蓝色的旧碗盛着，就搁在她房间洗手台的角落里。仿佛自己已经在喝了，仰着头，感觉冰凉、香甜的牛奶流淌过嘴唇，喉咙……她甚至想象，在窗玻璃后闪烁的月光加剧了她解渴后的幸福感。突然，在跨门槛时，她猛地记起在母亲房间发现的衬衫，被扯破了，就像女中学生的黑色罩衫……她惊讶地轻轻"啊"了一声，对于这发现感到极大的精神满足，简直快活极了。她抓住罗斯小姐的手，笑着，亮晶晶的栗色眼睛狡猾地看着她，说：

"现在我明白了。'她'有情人，对不对？"

"闭嘴，闭嘴，埃莱娜。"罗斯小姐低声训斥道。

"她马上明白我指的是谁了。"埃莱娜心想。

她发出小鸟般欢快的一声尖叫,跳上旧石板,唱道:

"情人!……情人!……她有一个情人!哦!我太渴了!"忽然,她看见自己屋里的灯亮了,郁闷地说:"哦!罗斯小姐,亲爱的罗斯小姐,为什么不让我吃冰激凌呢?"

然而,罗斯小姐沉浸在自己的思绪中,什么也没有回答。

八

埃莱娜的生活和其他人的生活一样，有属于自己的明媚港湾。每年她都回法国，与母亲和罗斯小姐一道……回到巴黎是多么幸福啊！……她那么爱它！……在巴黎，由于鲍里斯·卡罗尔现在有钱了，他妻子出入的都是高级酒店，不过埃莱娜却寄宿在一户龌龊、黑暗的人家里，在洛莱特圣母大教堂①后面。埃莱娜长大了，要尽可能让她与母亲喜爱的生活保持距离。卡罗尔太太扣除埃莱娜和罗斯小姐的安置费用，添加到她的个人预算中，以这种方式调和她的爱好与道德之间的冲突。可是埃莱娜觉得非常幸福。几个月的时间里，她和一群年纪相仿的法国孩子生活在一起。她真羡慕他们！……她不厌其烦地盯着他们。出生在一个这样幽暗、安静的街区，所有的房子的风格都很相近，多么美好的梦想……在这儿出生、长大……在自己家，在巴黎……每天早晨再也不用看到——当她去树林里见母亲，陪她沿金合欢林荫道走一遍（完成了这项任务，贝拉·卡罗尔认为在次日之前不用再惦记女儿了，除非孩子病得厉害）——看到她母亲穿着爱尔兰束腰上衣，披着圆点面纱，拖着横扫落叶的曳地长裙，奇装异服地走着，像"拉灵柩的马"。那时，在林荫道的角落里会有一些妇人，一个古铜肤色的阿根廷人在等着她们……不用坐五天的火车回那个野蛮国度去，再说她也不完全觉得那是自己的家乡，因为她的法语说得比俄语好，头发梳成发卷而不是紧紧扎成光滑的小辫

---

① Notre-Dame-de-Lorette，位于巴黎第九区，始建于17世纪。

子，因为她的裙子是照巴黎的式样剪裁的……至少，如果她是里昂火车站旁边小商店主的女儿，穿着黑色罩衫，两个脸颊红得像小红萝卜，她就能够问母亲（另一个母亲）：

"妈妈，一毛钱的方格本子在哪里？"

做一个这样的小女孩……

"埃莱娜，背要挺直！"

"哦！见鬼！"

叫做让娜·富尼埃或者璐璐·马萨尔，或者昂里埃特·迪朗，总之一个好懂、好记的名字……不，她和别人不一样……不完全一样……多可惜！……然而……她的生活比其他孩子更丰富，更充实……她知道的事情那么多！见过那么多不同的国家……有时她身体里好像住着两个互不相干的灵魂，平行共处、互不混淆……她只是个小女孩，可她已经有那么多回忆了，她能轻易地理解大人的这个用词：经历……有时，这样想着，她不由生出一种陶醉的喜悦。她漫步在巴黎，在傍晚六点的昏黄暮色中，街灯纷纷点亮，她牵着罗斯小姐的手，端详身边经过的每张面孔，想象每个人的名字、经历、爱恨情仇。她骄傲地想："在俄罗斯，他们听不懂方言。他们不明白小贩、马车夫和农夫在想什么……我嘛，我明白……不过我也明白他们……他们逼我的。他们把我的皮球放在脚下滚，心想：这些孩子真烦人——可我，我比他们更聪明。我是个小姑娘，我见识的比他们在漫长、枯燥的一生中见识的都多……"

这样想着，她看见一家百货商场里的圣诞橱窗，再一次怀念起那户法国人家，一套小公寓，陶瓷挂灯下的一株圣诞树……

与此同时，她长大了。她的体形摆脱了幼年的粗壮，四肢变得纤细、瘦长，脸色白皙，下巴更长了些，眼睛凹陷进去，两颊上漂亮的玫瑰色淡去了。

战争前的那年冬天，她十二岁，当时住在尼斯。有一天她父亲从西伯利亚回来，将全家带到彼得堡和他一起生活。

在尼斯，那一年，埃莱娜第一次不是怀着冷漠鄙视的感情去聆听大海温柔多情的声音、意大利情歌，还有"情人"、"爱情"这样的字眼……夜晚那么炎热、芬芳……她这个年纪的小女孩，会在夜里忽然醒来，心跳得厉害，颤抖的双手抱紧花边睡衣下平坦的胸部，想道：

"有一天，我就十五岁，十六岁了……有一天，我会成为一个女人……"

鲍里斯·卡罗尔在三月的一个清晨到来。多年以后，每当回忆起父亲的脸，都是这一天他在火车站月台的嘈杂、烟雾中的样子。他比过去更健壮了，皮肤晒成了古铜色，嘴唇红润。当他向她俯下身，而她亲吻他粗糙的面颊时，她的心中突然涨满对他的爱意，快乐得几近心痛，几乎达到焦虑的地步。她松开罗斯小姐，把自己交到父亲手里。他对着她笑。他笑的时候，脸上闪耀着智慧的光芒，流露出一种顽皮的快活。她温柔地亲吻他的手，那好看的、棕色的手，指甲坚硬，像极了她的手。随即，火车重新出发的刺耳笛声响起，正如此后她生命中伴随着父亲无数次短暂出现的主旋律。与此同时，在她头顶上，展开了这场空洞得只剩下声音的对话——因为话语都被数字取代了，不停地响，在她周围，在她头上，从这一分钟起直至死亡令她父亲的嘴合上。

"……几百万，几百万，股票……赦尔银行股票……德比尔斯矿业公司股票，买进二十五，卖出九十……"

一位年轻女孩，扭着臀部慢慢走过，头上顶着一个装满银色小鱼的篮子：

"沙丁鱼！漂亮的沙丁鱼！……"

她尖利的嗓音在"丁"上变得嘶哑而有穿透力，像海鸟的叫声。

"……我投机……他投机了……"

租来的双篷四轮马车的铃儿叮当作响，马在草笠下抖动长长的耳朵，车夫嘴里嚼着一朵花。

"……我赚了……我赔了……我又赚了……钱，股票……"

"……铜，银矿，金矿……磷酸盐……几百万，几百万，几百万……"

稍后，卡罗尔吃过午饭换了衣服。要出门时，埃莱娜抓住机会跟他出来。他们走过英国人散步大道，都不说话。他们能谈什么呢？卡罗尔感兴趣的只有钱、盈利手法、生意，埃莱娜却是个无知的孩子。她崇拜地凝视着他。

他朝她笑，掐了掐她的脸颊：

"我们去蒙特卡洛吃点心，怎么样？"

"哦！好啊。"埃莱娜轻声答道，半闭上双眼，无法更好地表达她的快乐。

在蒙特卡洛，刚吃完点心，卡罗尔就不安起来。他敲了一阵桌子，显得有些犹豫，然后忽然站起来，拉上埃莱娜就走。

他们进了赌场。

"在那儿等我。"他指着门厅对她说，接着就不见了人影。

她坐下，小心地挺直腰板，不把手套和大衣弄脏。一名神色惊慌、疲惫的女子在镜子前胡乱涂抹着口红。镜子里，映出一个小女孩般瘦弱、细小的身影，满头鬈发，脖子上围着她有生以来第一条真正的皮草围巾，一条单色的小银鼠皮，是她父亲从西伯利亚带回来的。她就这样等了很长时间。时间在流逝。一些男士进来，另一些出去。她看见许多陌生面孔，有年老的女人，拎着手提包，刚摸过金子的手还在颤抖。这不是埃莱娜见过的第一家赌场。记忆中她在许久前曾穿过奥斯坦德①赌厅，那里就算金币在脚下滚过，赌徒也面不改色。可是，现在，她的眼睛能透过肉眼所见的世界看到更多东西。她望着这些涂了脂、搽了粉的女人，心想：

"她们有孩子吗？她们曾经年轻过吗？幸福吗？"

因为人到一定年龄后，孩子特有的怜悯转变为另一种形式，开始注意"老年人"枯萎憔悴的面容，并预感自己有一天也会像她们一样……幼年时代就此告终。

外面，天色暗了下来。丝绒般美好的夜，意大利的夜，亮灯的喷泉，香水，盛开的玉兰花，细腻柔和的微风……埃莱娜将脸贴在窗户上，透过玻璃往外看，这夜晚似乎太热烈、太香艳了，"不适合孩子。"她笑着想。她觉得渺小、失落、有罪（为什么？他们抓不到我。不是我的错，我和爸爸一起来的，虽然他和我待的时间不长……）。晚上八点钟，汽车在"巴黎咖啡馆"前停下。身着华服丽裳的男男女女从车里走出来。她听见一个阳台下传来曼陀铃的琴声，有人在接吻，低低的笑声。在灯光黯淡的泊船场以及昏暗的街道上，聚集着海滨所有的荡妇，她们朝赌场走去。现在九点了……"我饿了，"埃莱娜心想，"怎么办呢？只能在这

---

① Ostende，比利时港口城市。

儿等，因为他们不会放我到大厅里面去的。"何况，有多少人像她一样在等，默默忍受着……门厅里满是焦虑不安、疲惫不堪的女人，毫无怨言地等待着……她感到自己奇怪地变老了，变得逆来顺受了，如果需要，她也能在这长凳上过夜。但愿沉重的眼皮不要把眼睛盖上……时间过得真慢……不过，大赌场门楣上的指针走得却出奇地快。刚刚过九点半，通常是她上床睡觉的时间。可是指针往前走了，指着九点四十五，十点……为了不让自己睡着，她开始来回踱步。一个女人在阴影里来回地走，手里摇着粉红色羽毛围巾。埃莱娜看着她，思想神奇地因饥饿变得轻盈，仿佛能进入这个陌生女人的生活，从而切身感受她的疲倦和不安。她实在太饿了……使劲闻着从"巴黎咖啡馆"的通风口排出的饭菜香味。

"我就像一件被遗忘在寄存处的手提箱。"她想道，试着逗乐自己。

显然，这一切都很滑稽，十分滑稽……她看看周围。没有小孩——他们都睡了。会有一只手谨慎地拉上窗帘，关上窗。他们听不到老男人向卖花女套近乎的低语，也看不到每一张长椅上拥吻的情侣。

"罗斯小姐不会忘了我的，她……看来，过去我是在幻想，"她苦涩地想，"这世界上只有她是爱我的……"

十一点。月光下的这座白色城市有着梦想中的惊恐与陌生……埃莱娜走着走着，困得半闭上眼睛，为了不睡着，她眼睛望着泊船场，看房子里的灯光。哎！可不能哭哟……她会像个被遗忘在街心公园的孩子那样哭泣吗？……终于，从大赌场走出最后的女巫师，手袋摁在胸前，脸上的脂粉都花了……她们后边呢？……灰白的头发，脸上的线条被内心的喜悦和热情照亮，她那么深爱的面容？……是她父亲。

他拉起她的手，紧紧握着。

"我可怜的女儿，走……我把你忘了……咱们快回家去吧……"

她不敢说她饿了，她不愿见他耸起肩膀，像她母亲那样叹息：

"孩子……多大的负担啊！"

"你赢了吗，爸爸？"

父亲的嘴唇颤抖，带着既喜悦又痛苦的微笑。

"赢？……是的，赢了一点……可赌是为了赢钱吗？"

"啊？……那为了什么？"

"为了玩，我的孩子。"父亲说，他血管里流淌的浓烈、灼热的鲜血仿佛将热量传递到埃莱娜手中。他看着她，带着一丝温柔的轻视：

"你不懂，你还太小。你永远也不会懂的，你只是一个女人。"

第二部分

一

一九一四年，一个萧瑟的秋日傍晚，埃莱娜和罗斯小姐带着最后卸下的行礼，来到圣彼得堡，她的父母已经在那里住了几个星期。

像往常一样，分开许久后再见到母亲，埃莱娜就害怕得发抖，不过她宁死也不愿被人看出来……

那是这个忧郁季节中最阴沉、最潮湿的日子，这样的气候下，太阳几乎从不露脸，人们醒来、起床、吃饭、工作都要点灯，黄色的天空中落下轻柔、湿润的雪花，被风狂乱地卷起、吹散。这一天，北风刺骨地吹，吹来涅瓦河腐臭河水的难闻气味！……

街上的路灯亮着，雾浓得像烟，埃莱娜现在就已经厌恶这个城市了。一看到它，她的心便揪作一团，仿佛不幸即将临近。她不安地用手指绞着罗斯小姐的大衣，焦虑地寻找她手上熟悉的温度，接着扭过头，愕然凝视自己倒映在汽车车窗上的脸，忧伤的脸苍白而紧张。

"怎么了，莉莉？"罗斯小姐问。

"没什么，我冷。这个城市真恐怖，"埃莱娜绝望地喃喃自语，"在巴黎，现在的树都是金黄色的。"

"可我们去不了巴黎了，无论如何都去不了，我可怜的埃莱娜，因为在打仗。"罗斯小姐哀伤地说。

她们不说话了。雨点急促地拍打在窗户上，像脸上的泪水。

"她甚至没到火车站接我们。"埃莱娜苦涩地说，仿佛有一股悲伤、哀怨的波涛涌上心头，来自于她身上深不可测、亦不为她所知的地方。

罗斯小姐机械地纠正道：

"不可以只说'她'。要说'妈妈'……'妈妈没来接我们……'"

"妈妈没来接我们……她并不是很想见我，或许……再说，我也不想。"埃莱娜低声说。

"既然如此，你又有什么可抱怨的呢？"罗斯小姐柔声说道，"这不是让你获得了片刻的胜利吗……"

她笑容里伤感的嘲讽触动了埃莱娜。小女孩问道：

"他们现在有汽车了？"

"是的。你父亲赚了许多钱。"

"啊？那外公外婆呢？他们不会到这儿来了吗？"

"我不知道。"

可是埃莱娜怀疑外公外婆是无法离开乌克兰了。为了领取一笔定期利息，他们不得不永远远离了卡罗尔夫妇。这是贝拉第一次运用她的财富……当埃莱娜想起外公外婆，就有一种怜悯的感觉，让她难过得受不了，她觉得这是软弱的表现。她竭力让自己不去想他们，但是不行，他们的形象重新出现在她记忆中。她想起火车发动时，看到他们在月台上迈着急促的小步、跟跟跄跄地奔跑。外婆哭了，可这改变不了什么，可怜的女人！老萨甫洛诺夫还保持着风度，身板挺直，敲打着拐杖，用颤抖的声音喊着：

"再见！我们会到圣彼得堡看你的！告诉妈妈尽快邀请我们过去。"

"他还抱着幻想呢，可怜的外公！"埃莱娜自语道。她相信老先生心里比她更明白。她敢肯定，当他回到空荡荡的房子时，身后跟着低声哀叹、哭泣的妻子，他会如何疯狂、悔恨地想：

"轮到我了，现在轮到我了！我曾经跑在前头，抛弃所有人，只为自己快活、任性！现在我又老又弱，就落到了后面。"他想着，朝他妻子转过身，这是他平生第一次愿意等她，尽管他用拐杖敲打地面，粗声粗气地吼道：

"喂，快点，你这慢吞吞的家伙！"

"准予缺席。"埃莱娜这样去想外公和外婆，她的黑色幽默继承自她父亲。

这时，汽车停在一所漂亮的大房子前。卡罗尔家的寓所建造方式独特，从门厅能一眼看到房子尽头的所有房间。一排金碧辉煌的白色客厅敞着门。埃莱娜撞到一架巨大白色钢琴的角，在重重叠叠的镜子里看见自己苍白、茫然若失的脸。她最后走进一间比较小的昏暗房间，母亲在里边，靠着一张桌子站着，身边坐着一名埃莱娜不认识的年轻男子。

"下午三点就绑在紧身衣里。"埃莱娜想，记起母亲那些拖沓的睡衣和披散的头发。她抬起眼睛，飞快瞥了一眼，数了数那雪白手指上的新戒指和优雅的长裙。母亲身材细长，凶狠的脸上洋溢着喜悦和活力，埃莱娜看着这一切，将它锁进心里，永远，不会忘记……

"你好，埃莱娜……这么说火车提前到了？我没想到你这么早就到了。"

埃莱娜咕哝着说：

"你好，妈妈……"她从没认真发过"妈妈"这两个音节；音节难以从她紧闭的嘴唇中间穿过。她发出的是"芒"的音，是她使劲从心里拽出的一声嘟囔，隐约带着些许痛苦。

"你好。"

擦脂抹粉的脸颊向她低下来，她小心翼翼地将嘴放上去，本能地想在脂粉和面霜之间找到一处干净的地方。

"别把我头发弄乱了……你不向表哥问好吗？不认得你表哥马克斯·萨甫洛诺夫了？"

她的薄嘴唇涂得鲜红，像一抹血，嘴边掠过胜利的微笑。

埃莱娜蓦地记起从前在家乡街道上遇见的莉迪·萨甫洛诺夫的四轮马车，想起那个纹丝不动的妇人，想起像蛇一样从鼬鼠毛皮领里伸出的小脑袋用黑色的眼睛向她投来冷漠的目光。

"马克斯也在这儿？……哦，他们该多么有钱呀！"她讥讽地想。

她惊讶于年轻人的苍白肤色。这是她头一回见到圣彼得堡人的雪白皮肤，好像没有血色，苍白得像一朵生长在地窖里的花。他有着高傲而做作的容貌，鼻子瘦而薄，微弯成鹰钩状，碧绿的眼珠大大的，金发，尽管还不到二十四岁，鬓角已有些秃。

他轻轻用手指触摸埃莱娜的面颊，抬起她的下巴。

"你好，我的小表妹。你多大了？"他问道，显然不知说什么好，闪亮的绿眼睛嘲弄地盯着她。

他不等她回答，低声说：

"她的背驼得多厉害啊……身子要挺直，小姑娘……我的妹妹们在你这年纪比你还高一个头，身子直得像个字母'i'……"

"的确如此，"贝拉不快地嚷道，"你的站姿太差了！得管管她，罗斯小姐！"

"旅途让她累坏了。"

"你总是替她开脱。"贝拉悻悻地说。

一旦埃莱娜忘了挺直腰板,瘦弱的背塌陷下去,贝拉就用手拍打她两个肩胛骨的中部。

"这不会让你变美,你知道,我可怜的女儿……跟她说也是白搭,她从来不听……你瞧,马克斯,她的脸色多糟……你的妹妹们那么健康、活泼……"

马克斯低声说:

"英国式教育,你知道……冷水澡,露膝盖,不许自怨自艾……① 她不像你,贝拉。"

埃莱娜问:

"爸爸呢?"

"呃,爸爸挺好的,他回来得很晚,你睡觉前能见到他,他很忙。"

他们不说话了。埃莱娜像在阅兵式上一样把身体挺得笔直、僵硬,不敢走开,也不敢坐下。最后,贝拉疲乏、不快地哼了一声:

"瞧,别呆在那儿张嘴看着我。去,看看你的房间去……"

埃莱娜离开,心里不安地想这个陌生人将给她带来什么,是好运还是厄运,因为她知道今后真正主宰她生命的将是他。后来,当她长大,回忆起这一时刻,两张凑在一起的脸,那样的沉默,母亲的微笑,以及她只一眼就看见、猜测、预感的一切,有时她想:"不可能……我那时不过只有十二岁……真相,应该是我慢慢了解的……现在我却以为自己当时在一秒钟里就洞悉一

---

① 此处原为英文。

切……我是慢慢看出真相的……而不是这样,一眼看穿……我是个孩子,他们那天什么也没说,他们俩坐着,离得很远……"然而,如果有时一抹色彩、一个声响、一种香味将她抛向过去,如果她能在记忆中重新找回少年马克斯的准确样貌,她就觉得自己那孩童的灵魂从睡眠中苏醒,激动地低声申诉道:"你也一样,你也背叛了你的童年!……还记得你也曾经拥有少女的身体和一颗同样苍老的、和现在一样成熟的心……我那时的抱怨是对的,我的确痛苦又被抛弃,因为现在,你,你也把我忘了……"

当然,这一天,这伤心的日子,她已经确定了他们的关系。她颤抖着为自己的早熟感到恐惧。她顿时对这个傲慢的青年起了反感,他竟说:

"她不像你,贝拉……"

"爸爸呢?我光顾着自己,真太自私了……他一定难过极了,要是他知道……"她心中想道,但随即被一种苦涩、憎恨的感觉占据了心房:

"看,没人关心我。至少,我应该,爱我自己……"

她靠近罗斯小姐:

"告诉我……"

"什么?"

"这男孩……我表兄……和她……我猜着了,对不?"

罗斯小姐一惊,使劲抿着苍白的小嘴做出否认的表情。她虚弱地说:

"不,不,埃莱娜……"

可埃莱娜对着她的耳朵,激动地重复道:

"我知道,我知道,告诉你我知道……"

一扇门在她们身后打开。罗斯小姐害怕地抓住她的手,颤抖着轻声说道:

"别说了,快别说了……一旦他们知道你有一丝的怀疑,就会送你去寄宿学校,可怜的小姑娘,而我……"

埃莱娜心头一凉,垂下眼睛;喃喃道:

"多可怕呀……"

她想:

"在寄宿学校我不会那么不开心……无论在哪儿我也不会像在这所房子里一样不开心!可她,罗斯小姐,我可怜的小姐,要是我不在了,她会怎么样呢?"

"现在不是我需要她了,"她想道,忽然有种冷漠、绝望的理智,"我不再需要有人陪床,被人照顾、亲吻……我长大了,老了……人到了十二岁有多老啊……"

她忽然觉得渴望完全的孤独、宁静、凄苦的哀愁,用它们填塞她的灵魂,直至仇恨与忧愁满溢……

"如果没有罗斯小姐,就没人能伤害我……他们只能借她来摆布我……可她只有我……我相信没有我她会死的……"

她伤心地攥紧拳头。她感到自己软弱、渺小,容易受伤的心对自己的无能感到愤怒而绝望。

她走进隔壁的学习室,她母亲已经为她的裙子在那儿安装了挂衣壁橱,存放毛皮的衣橱里传出淡淡的樟脑丸气味。她在哪儿都能闻到这股味!

她气恼地关上门,回到自己房间,走到窗边,沮丧至极地望着天空中落下的滂沱大雨,泪水顺着脸庞滑落。许久,她用颤抖的声音说:

"你知道，她……妈妈总说能请到你她有多么高兴……"

"我知道，"罗斯小姐喃喃道，"可是……"

罗斯站在房间中央，身材裹在黑裙子里显得娇小、柔弱。她温柔而忧伤地望着埃莱娜，然而，渐渐地，她的眼睛变得呆滞而空洞。她似乎在远处、在埃莱娜的面容之外寻找着只有她自己才能见到的影像。一段遥远的过去，也许……亦或是这片寒冷、荒凉的土地上岌岌可危的将来，孤独、漂泊和衰老。她叹了口气，生硬地说：

"瞧啊，收好你的大衣。别把帽子扔床上。过来，让我给你重新梳一下头发……"

和往常一样，她用微不足道的日常琐事来逃避，但似乎多了种强烈的烦躁和不安，这令埃莱娜吃惊。她打开旅行箱，叠好手套和长袜放进五斗橱，并拒绝用人的帮助。

"告诉他们让我安静会儿，埃莱娜……"

"自从战争爆发以后她就变了。"埃莱娜想。

二

一九一四年和一九一五年过去了,漫长得令人窒息。

一天晚上,马克斯走进餐厅。埃莱娜坐在一张大扶手椅里,半截身子被埋没在铺天盖地的报纸中。关于战争的报纸,整栏整栏的空白,卡罗尔家没人去看,除了最后一页的证券版。他笑了。她真滑稽,这小姑娘……她有着干瘦、平坦的胸部,蓝色的羊毛短袖连身裙,露着两节细小柔弱的胳膊。身子裹在白色细亚麻布外套里,德国式样的外套,打着很深的大褶子。黑色的头发梳成密密的发卷,脸上开始呈现出彼得堡孩子特有的淡绿的、死气沉沉的气色,他们生长在缺少新鲜空气和光线的环境中,不做任何运动,除了星期天溜一个小时的冰。

见到他,她突然推了一下眼镜,眼镜越发让她显得老气、难看——她的视力较弱,是被从早开到晚的电灯照的。

他大笑起来:

"你戴眼镜?……瞧你多滑稽啊,可怜的孩子!你看上去像个小老太婆!"

"我只在看书和学习的时候戴。"她说,猛然觉得血涌上脸颊。他见她脸红,有种残忍、恶作剧的快感:

"多么别致啊!……可怜的孩子,"他又说,轻蔑、怜悯的口吻让埃莱娜心里气得打了个寒战,"你妈妈在哪?"

她不耐烦地指了指隔壁的房间,正在此时,门开了,贝拉穿着蕾丝晨衣,酥胸半露地走到马克斯面前,伸出手让他亲吻。他们四目相对,默默无语。他缓缓垂下眼皮,欲望无限地深深一吻。

"他们以为我什么都看不见吗？真是不可思议。"埃莱娜心想。

他们进了客厅，她坐回红色的扶手椅里，重新拿起报纸。战争……这里除了她和罗斯小姐，有谁会去想战争？……流光溢彩，纸醉金迷。有谁会关心伤员、丧礼上的妇女？……有谁听见，士兵清早在街上踏步，凄凉的脚步声伴随部队走上不归之路？

她看看时间。八点半。从早晨开始，功课和作业就接踵而至，没有一秒的喘息。可她喜欢学习，喜欢书，如同有些人喜欢酒。书给她忘却的力量。她还知道什么？……她生活在一座空荡荡、静悄悄的房子里。她的脚步声回荡在空空的屋里。紧闭的窗户外，寒冷的街道显得更寂静，外边不是下雨就是下雪，黑暗总是过早地降临。对面有一簇蓝色火焰，在漫长的黑夜中熊熊燃烧，她总是久久地看着它，直到火光开始在她疲惫的眼中摇摆，这就是她生活中唯一的点缀……她父亲几乎从不在家，母亲晚上才回来，和马克斯关在客厅里。她没有朋友——这时候，大人们有比孩子的幸福更重要的事要操心……

一名用人进来拉窗帘，隔壁房间传来马克斯上气不接下气的笑声。

"他们两个在那干吗呢？唉！反正不关我的事，只要他们别来烦我……"

她闻到从门底下飘进来的香烟味道。父亲还没回来，他会在九点和十点之间回来，然后他们吃烧焦的或已经变冷的晚餐。有时他带回一些埃莱娜不认识的人，她将其总称为"生意人"，他们都焦躁不安，目光闪烁，伸出的手像野兽的爪子般贪婪。她闭上眼睛，仿佛已经听见他们嘴里不停说的那个字眼。埃莱娜唯一能听懂的词,在她头顶回荡,嗡嗡作响,一直跟她进入睡眠和梦乡:"……百万……百万……百万……"

用人在门口停下,摇头看了看时间:

"小姐不知道先生几点回来吗?"

"我不知道。"埃莱娜答道。

她拉开窗帘,看着街道,凝视雪橇在雪地里发出的光。渐渐地,周围一切都消失不见了。她沉浸在内心快乐的梦境中,就像从前,她扮拿破仑的时候……不过现在梦里的情节有所不同,但感觉同样地独断、专制。当王后……令人害怕的国家元首……做世上最美丽的女人……这是个新梦。她小心翼翼地触碰它,仿佛那梦里包含着神秘的火焰:

"我会漂亮吗?……不,一定不会,"她伤心地想,"现在我在青春期,已经不好看了……我永远不会漂亮的,我有张大嘴,面如土色……上帝啊,等我长大了,让所有的男人都爱上我吧……"

她打了个寒战。她父亲刚进门,后边跟着两个人,史利夫克,黑眼睛的犹太人,说话时总是短促有力地晃动胳膊,仿佛手上扔挂着一叠地毯在兜售,他应该是从露天咖啡座开始干这营生的。另一个是亚历山大·帕甫洛维齐·切斯托夫,他父亲是战争期间昙花一现的众部长之一。

埃莱娜坐在罗斯小姐边上。碗橱在银质餐具的重压下散架了,餐具是在拍卖行买的,当老贵族破产,财产遭变卖,商场新贵们将它们再买下来。

"这房子里的一切就像个土匪窝,旧货市场。"埃莱娜心想,沉重的银器从不同的地方搜罗而来,他们懒得去掉原有的标签、装饰、题铭,卡罗尔夫妇在乎的只是重量。角落里的一堆意大利小雕像,包装纸还没拆,塞夫勒①的小雕像,点缀着人物和花束的淡粉色小碟子,都堆在餐具柜上,是贝拉一周前在拍卖厅买的,可它们被堆放在那儿,凄惨、无用,包着稻草和丝绵纸。同样,书橱也是按米买来的,除了埃莱娜,没人翻开那些印着图章的皮革封面的卷宗。贝拉开玩笑说:

"这些老祖宗的画像是打哪儿来的?"

惟有从西伯利亚带回来的毛皮是新的。缝在母亲大衣上的每条银鼠毛,埃莱娜都见过。窄窄的、死去动物的毛皮,抛在桌面上,任由贪婪的手把玩。

"亚历山大·帕甫洛维齐……"

"萨罗蒙·阿尔卡迪维齐……"

切斯托夫说着话,傲慢地皱起眼睛,稀疏的金发打了发蜡。他小心翼翼地伸长脑袋,像是担心从这些犹太人身上吸入有害的空气,而史利夫克则对他还以轻蔑但也带着一丝畏惧的目光。

餐厅摆满了送给卡罗尔的妻子的形形色色的鲜花和花束。战争爆发后他就发了大财,人人都来奉承。

入席时,贝拉将一朵红色的玫瑰插进马克斯的扣眼里。她的胸部在蕾丝睡袍内忽隐忽现,她不紧不慢地拉了拉晨衣,她的胸很美。

管家来了,小用人跟在后面,端着银质汤碗盛的浓汤,汤碗侧面饰有带 BESBORODKO 字样的兵器;杯具是巴卡莱特②的,

---

① Sèvres,法国城市名,以瓷器闻名。
② Baccarat,法国高级水晶制品品牌。

但是，几乎所有的杯子都已经缺了口，没有人为此伤神，似乎大家都预感到这笔财富是过眼云烟，来得快也去得快，来自虚无，自然也会烟消云散。

罗斯小姐向埃莱娜俯下身，焦急地低声问道：

"你看报纸了吗？"

"看了。还是老样子，"埃莱娜沮丧地说，"他们在做'现场报道'……"

史利夫克说：

"你们不明白。我们的幸福，就是战争。你们手握的纸张明天就会贬值，"他边说边伸手去摸装饰餐桌的玫瑰，小朵的深色红玫瑰，芳香沁人，"战争需要和感兴趣的是武器、军火、机枪、大炮，再说这也是我们应尽的爱国义务。"

切斯托夫武断地尖声说道：

"要是战争一个月后就结束了呢？……我们手里就堆满存货……"

"要是去想明天，"史利夫克笑着说，推开空盘子，而部长的儿子则透过刚从口袋里掏出来的单片眼镜，用贵族的眼光轻蔑地打量着他。之前，他一直用手指转动着放在口袋里的镜片，轻轻地、柔柔地，像捏着一朵花，他刚把它夹进眼眶。此举令他面部所有肌肉骤然收缩，他向贝拉侧过身子，用法语亲切地说：

"我们的谈话夫人可不感兴趣。"

"她习惯了。"史利夫克说。

卡罗尔插话：

"聪明的做法不是贩卖你所说的东西，那是国防部才感兴趣的东西。不，要卖的，应该是士兵的服装、靴子、食品……"

冻鲟鱼摆放在草织成的底盆上，插着金色的金合欢花球，由管家端着，接着摆上银质调味瓶，瓶身饰有风笛和小牧羊人的浮雕。

他们安静地吃了一会儿。埃莱娜抬起头，听见他们说：

"……一笔大买卖……西班牙有批一八六〇年的大炮，而且还很坚固，看起来比我们这里的炮耐用。"史利夫克说，他刚吞下两口鱼，又在面前盛了酒的酒杯中随便拿了一杯来喝。在卡罗尔家，吃鱼配的是巴萨克甜酒①。喝完，他做了一个令人倒胃口的鬼脸。如果形势要求他和政府官员打交道，他就滴酒不沾，不抽烟，不碰女人也不碰牌，一块排骨也不吃。那些官员只有在满桌酒菜面前或吉卜赛人家里才听得懂生意经。

"和狗一起生活，但不要活得像狗一样，"他有时对卡罗尔这样说，卡罗尔也喜欢赌博、美酒和佳人，"它们会让你堕落。"

他总结道：

"好买卖，值得考虑……你们要是有兴趣，我们可以谈谈……美妙的大炮。"他始终还是本性难移，谈论起这些未知的大炮，就像他当年在门廊下卖丝袜一般。

"可是，请原谅，它们产于一八六〇年！"

"你为什么觉得它们比现在的炮差呢？你以为我们的父辈没有你我聪明吗？……为什么？……你基于什么这样认为？……"

"请原谅，"切斯托夫重复道，仔细选了一杯酒慢慢喝着，半露笑容，紧抿嘴唇，眼神轻蔑，"你……"

"不，请你原谅！……别混淆了各人的职权……反正，这些

---

① Barsac，出产于法国波尔多地区的一种葡萄酒。

大炮好或不好不由我说了算。我不是工程师,也不是炮兵。我是'投机商',一个商人,这才是我的角色。"他说着,一边向切斯托夫背过身去取用人端上的奶油焗鹧鸪。他闻了闻沙拉,做了个倒胃的手势,他似乎对这种蔬菜毫无信心。"我去作战部,说:'是这样的,别人给了我这样或那样货物,你们要不要?你们先研究一下合不合适。'我可不担这种责任,你们知道。想要?就这些了。不要?那么晚安。自然,得让他们明白……每个人,"他特别强调最后三个字,嘲讽的目光犀利地盯着切斯托夫,"每个人都知道自己的利益所在。"

"俄罗斯的利益。"切斯托夫语气严肃,专横、审视的目光投向四周,仿佛想提醒他们,他的政府代表身份,有权以皇帝的名义探测他们的五脏六腑。

他们马上说:

"这是当然的。那么,谁看了报纸?……"

"拿过来。"贝拉命令用人道。

他们相互传阅,胡乱看一眼头版标题,仔细研究证券版面,看完就不耐烦地搓成团扔在地上。用人用镀金刷子将其扫进镀金托盘,刷子上饰有佩茨切斯基公爵的兵器。

"没什么新鲜的,又一场百年战争。"马克斯说。

他忧郁而热切地望着贝拉。

"这些玫瑰的香味多么宜人啊……"

"是你送来的。"她指着小银丝花篮微笑着说,花儿因桌上的热气而盛开。

这时,切斯托夫说:

"关于大炮,我无法认同你们的热情,亲爱的……"

他似乎欲言又止，搜寻一个遗忘的名字。

"……呃……萨罗蒙·萨洛末诺维齐……"

史利夫克察觉到细微的区别，不过只耸了耸肩，似乎想："只要你愿意，叫我猪都可以，不过让你办的事得办好。"

他友善地更正道：

"阿尔卡迪维齐，我亲爱的，阿尔卡迪维齐，再说这丝毫不重要……你刚才说什么？……"

"说你的大炮，你不认为它们可以有别的用途吗？……可以从中提炼废铁，我觉得……当然，在这些问题上我只是个门外汉，不过我想现在缺废铁……"

史利夫克听到这里，舒了一口气。他慢吞吞地挑选芦笋，过了好一会儿才答道：

"你想和你父亲谈谈这事吗？"

"天哪……那样没用……他当然不会闭着眼睛瞎买……"

"不过委员会不止他一个成员……"

"哦！其他人，你知道，只要说服就行了。"

"贿赂。"卡罗尔说，他总是直言不讳。

"噢！……"

"悲哀的国家。"史利夫克得到了想要的东西，现在愿意奉承他。

"在这里，如果是一件高度爱国的买卖，造成的伤害也比较小，可是如果你们知道……但我不能背叛上帝的秘密。"切斯托夫道。

卡罗尔说：

"我有一笔买卖，比你们的西班牙大炮更好。战争爆发之初有一家被奥地利某集团占有的工厂马上要开工，我有可靠消息，要大量买入它的股票。股价现在是五，两个月后就会涨到五百。我不明白为什么大家对于正当买卖不是那么积极。"

"因为，"史利夫克讽刺道，"生意一旦起头，就不能保证它会永远正当。"

"例如，"卡罗尔狡黠地笑道，"你的士兵烙饼计划。"

"哦，怎么？"

"你在我们耳边鼓吹了六个月，结果呢，成堆成堆的面包腐烂掉。"

"面粉的质量是一流的，"史利夫克有点懊恼地说，"我接洽了最好的面包加工厂。不幸的是，我们想造些烤炉以降低开销，可因为没人知道准确的尺寸，面包没烤好就发霉了。"

"士兵们死于痢疾。"切斯托夫道。

"你们相信吗？……他们拒绝了收货，仅此而已。他们的确很不幸，可面包应该已被扔掉了，我向有关人员再三要求这样做的。从良心上讲，我没有害死一个人。"史利夫克说。

卡罗尔笑得像个孩子，挤眉弄眼地扮鬼脸。他从桌上伸出手去，温柔地拉起埃莱娜的头发。埃莱娜握住他那干燥的棕色的手，吻了一下。她喜欢他眼中的火焰、银白的头发，他的微笑可以那么忧郁，有时却又那么调皮。

"只有看着这个女人的时候，他的心才会融化，"她怨恨地想，"他怎么可能一点也没看出他们的诡计呢？……他很幸福，待在这个不协调的房子里，身边围绕着新家具，餐具上标着别人名字的缩写，被背叛，被欺骗……甚至不能说他什么也看不见……不，他用手推开它们，走了过去……说到底，这世上只有一种热情能缓缓吞没他的灵魂，那就是赌，赌股票，或赌牌，别无其他。"

他们吃着苹果酱拼吐司，蘸着滚烫的巧克力酱。埃莱娜爱吃巧克力，她暂时停止"对大人的谈话感兴趣"，正如母亲所指责她的那样。母亲有时说：

"马克斯还说，你对生意上的谈话感兴趣得过了头。这和你有什么关系？还是想想你的功课……"

埃莱娜出于纯粹的逆反心理，全心全意地倾听并试图理解她听见的内容。

可是她累了，只模模糊糊地听到他们说：

"船……"

"石油……"

"管道……"

"长统靴……"

"睡袋……"

"股票……"

这些词有规律地反复出现在他们的谈话中，像歌曲的叠句。

"老调重弹。"埃莱娜困倦地想。

晚餐结束了，埃莱娜离开桌子，草草行了一个没有人注意到的小小的屈膝礼，就去睡觉了。雪茄和白兰地的味道弥漫在屋子里，从门底下飘进来，伴随她进入梦乡。远处传来轰响，震得路面都抖动起来，是炮兵的队伍从街上经过。

三

革命还没开始,但人们已能感觉到它的临近。呼吸的空气都显得沉重、充满威胁,像暴风雨来临前的拂晓。没有人对前线的战事感兴趣,战争仿佛是遥远的过去时;人们冷漠地看待伤员,对士兵怀着阴郁的敌意。唯有金钱让埃莱娜周围的人们着迷,大家都发财了,黄金遍地。这财源的水流反复无常、动荡不定、汹涌澎湃,常常令生活在岸上、取水灌溉的人大惊失色。这一切来得太快,太容易……他们在交易所买一只股票,然后股价发了疯地涨。他们不再围在埃莱娜身边兴奋地喊叫数字,现在改成窃窃私语了。她听见的不再是"百万",而是"数十亿",说话声音迟疑、低沉、急促;她周围所见的尽是贪婪、惊愕的目光。同时,他们也买东西,什么都买,到处去买。不论傍晚还是早晨,都有人来,从口袋里取出一叠叠钞票。

从紧闭的门外,埃莱娜听见一些数字以及激烈、短促的讨论,声音放得很低。他们买天然皮草,那种丝毫没有镶饰或粗加工过的皮革,用细绳捆扎着,系在一根棒子上,保留着远方亚洲集市上被商人贩卖时的样子;买银鼠皮和紫貂皮,整打的毛丝鼠皮,看上去像死老鼠;买珠宝、项链、古董手镯,根据重量判定它们的价值,硕大的祖母绿,可惜是浊的,迫不及待的购买让眼力大打折扣;买黄金、金条、金砖,尤其是股票,整包、整捆、整堆的股票,代表的是银行、油轮、管道、还埋在地里的钻石……这些纸张充斥在家具里,塞进墙壁、床铺;被藏在用人房间、学习室和壁橱底,春天到了以后甚至藏进炉子。股票被包裹在扶手椅的布料里，来卡罗尔家的客人轮番坐在上边，身体的热度覆盖住股票，就像是孵金蛋。在客厅里，饰有玫瑰花环的萨伏纳里①地毯被卷到角落，卷成好几捆，被穿堂风吹得噼啪响。

有时，埃莱娜漫不经心地让它们在脚下咯吱作响，像秋天人们用鞋跟踩踏落叶。白色钢琴盖着盖，在阴影里微弱地反光；墙上的金色图案、鸟笛、风笛、路易十五时期的帽子、小铲子、饰带和花束都蒙上了灰尘。晚上，埃莱娜的父母和"生意人"朋友们以及马克斯关在密不透风、陈设简陋得只装了一部电话和一台打字机的小书房里。他们在里头扎堆，幸福地吸入雪茄的浓烟，听光秃秃的木地板在脚下嘎吱作响，看空无一物、厚实的墙壁，墙壁可以减弱他们的谈话声。他们在那里一个挨一个坐着，享受狭小空间里的嘈杂，由一根电线吊着的灯泡发出黯淡的光线，马克斯和贝拉相互摩擦着手臂和滚烫的身体。

卡罗尔什么也看不见，不过有的时候，他会在黑暗中紧握他妻子裸露的胳膊。她现在对此很受用了，她怕他，因为他能给她荣华富贵。她想，她在这房子里不如埃莱娜来得自在。她时常怀念酒店里的房间，两个旅行箱丢在角落，街道拐角处的短暂邂逅。那个倔强的马克斯，如此年轻，强健的身体不知疲惫，她费尽心机让他尽可能地痴情、妒忌、愤怒。埃莱娜发现，萦绕着她童年的争吵、伤人的话、斗嘴的气氛现在出现在马克斯和她母亲之间，又掺杂了一种令她厌恶的热切、贪婪的情欲，这是她还不理解的。另外，她使出浑身解数，极力破坏他们的关系。她自有一种嘲讽的方式看马克斯，激怒他，也从不对他说话，于是他开

---

① Savonnerie 法国一地毯厂名，该厂原为肥皂厂。

始憎恨她。他才只有二十四岁，身上还有相当的孩子气，让他去厌恶一个小姑娘。

埃莱娜愁闷地在各个房间里游荡。课上完了，罗斯小姐双手将她的书夺走：

"你会看坏眼睛的，莉莉……"

的确，有时候过多的阅读令埃莱娜头昏脑涨。可是，待在学习室里无所事事，面对着安静地轻轻摇头的罗斯小姐不说话，更让她受不了……她耐着性子，用眼睛观察了一阵那双衰老、敏捷、总是忙于某件针线作品的手，接着，慢慢地，对于活动和变化的近乎绝望的渴望将她抛出房间。自从战争以来，罗斯小姐老多了……三年了，她不再有家人的消息。她称为"小家伙"、"小马塞尔"的弟弟，是她父亲第二次婚姻的产物，一九一四年初死在孚日广场。在彼得堡，她没有朋友，也听不懂当地的语言，尽管她已在此生活了将近十五年。一切都令她伤心。她整个生活都系于埃莱娜的安逸，可埃莱娜长大了……需要的是别样的照顾，而罗斯小姐太把她当小孩了，先天的个性又过于内向和腼腆，难以获得埃莱娜的信任。不过这期间，埃莱娜也没将信任给任何人……埃莱娜嫉妒她的内心世界，她疯狂地躲避埃莱娜的目光，既便这是她在世上最爱的人。她们因恐惧而依靠在一起，谁也不敢说出恐惧的原因，那便是罗斯小姐的离去。一切都有可能……她们的命运取决于贝拉的一次心血来潮，一阵心情不好，或马克斯的一句戏言。提心吊胆地过了这么些年，埃莱娜没有一刻能自在呼吸，没有一个晚上能平静、放心地入眠。有一天，罗斯小姐带埃莱娜到"法兰西圣母院"去做弥撒。一位法国神父在几名出生在异乡的孩子面前，谈起法国和战争，并为了"垂死者、旅行者、倒在战场上的士兵们……"而祈祷。

"这儿真好。"埃莱娜心想,看着两支点燃在圣母像下的可怜的大蜡烛,听蜡油发出轻微的爆裂声,在颂歌的间歇中缓缓滴落在石板上。她闭上眼睛。贝拉在家里耸起肩,说:

"你的小姐现在成了虔诚的信徒……就差这个了……"

在教堂,埃莱娜什么也不害怕,什么也不想,任由自己沉浸在平静的梦境中,然而一旦她回到现实,见自己在漆黑的街道,沿着阴暗、散发恶臭的运河走着,她的心又苦恼得揪作一团。

有时,罗斯小姐会愕然地看看周遭,像是从梦中惊醒。有时,她口中喃喃地吐出几个模糊的字眼。当埃莱娜不耐烦地嚷着"你在说什么?"时,她一哆嗦,凹陷的大眼睛才缓缓地转过来,轻声道:

"没什么,埃莱娜。"

可埃莱娜心中填满的同情并不能使她心里舒坦,她恼火地忍受着,这于她是一种负担。她绝望地想:"我变坏了,现在,和其他人一样……"

客厅的镜子反射着从隔壁书房的门底透进来的光,埃莱娜在镜子里久久地凝视自己的样子,深色的裙子像在白色细木壁板上染了黑色污迹,细小的棕色脖子从裙子窄小、方形的领口里伸出来,一条金链子和一个蓝色的珐琅吊坠是埃莱娜身上仅有的表示有钱的"外在标志"。她烦透了……她认为,她之所以不幸,是因为人们用大发卷和短裙将她打扮成小姑娘,然而在俄罗斯,十四岁,已经是女人了……至于其他,她想:

"我有什么可抱怨呢?……大家都和我一样。肯定的,每一所房子里都有通奸的女人，不幸的孩子和忙碌的、只想着钱的男人……他们说，有了钱，所有人都奉承你，对你笑，一切都能解决。我有钱，我很健康……可是我烦恼……"

一天晚上，切斯托夫见她发呆，就靠了过来。他醉了，笑着看那张抬起来的小脸，说：

"多美的眼睛……"

埃莱娜知道这个男人喝醉了，甚至比喝醉更糟，也知道他卑鄙可耻，只要出价高他甚至可以卖国，可他毕竟是第一个注视她的男人……她无法解释是怎么一回事……她第一次感到男性的目光压着她，从脸开始，往下到胸脯，看她可怜地裹在裙子里的刚开始发育的小乳房。切斯托夫的眼睛久久地在这两肩的凹陷处搜索，搜索小小的、尖尖的、还是小女孩的胸脯。他拉过她的手亲吻，接着就走了。这一夜，平生第一次，埃莱娜彻夜难眠，承受着羞耻、不幸和尴尬的折磨，然而她又骄傲，依然能感觉到黑暗中沉沉压在她身上的眼光，蛮横无理的男人的眼光。从那以后，她对切斯托夫就产生了一种更强烈的恐惧，使得她尽可能地躲避他。

另一天晚上，她第一次见到成群结队的妇女穿街走巷地乞讨面包。她们走在被风吹起的破布后面，并不大声叫喊，而是羞怯、喑哑地呻吟：

"面包，面包，我们要面包……"

所过之处，门一扇接一扇地关上。

埃莱娜听见隔壁屋里说：

"……买……卖……"

"有人说……"

"听说……"

"麻烦事、暴动、大革命……"

但是,说到底,他们并不相信这些,他们不比被激流卷走的人想得周全。

"钱总是赚不完的……"

"要做的只有一件事……买入,买入……"

"无论买什么……电灯泡、牙刷、储物箱……刚才有人向我提到一幅伦勃朗的画。不用几个钱就能买下来……"

麻烦呢?他们一挥手就能解决,他们不忽略它,不低估它,可不耐烦的一挥手意味着:

"是的,我们很清楚情况不会这样持续下去。是的,我们和你们一样感到这一切最终会崩溃。不过,我们习惯了。一成不变叫我们心烦,让我们害怕。我们心里有数,跟明镜似的,可是能激发我们斗志、叫我们高兴的,就是和这一切较劲:财富的象征、早晚被充公的钻石、明天就论斤卖的股票、将被烧毁的油画……"

有人低声说:

"听说拉斯浦丁[①]被杀了……据说是被……暗杀的。"

对这消息,只有隐约的一声低语。在他们眼中,皇帝和皇室仍然顶着受人尊敬、令人畏惧的光环。

"可能吗?"

片刻的震惊后,他们岔开了话题。是的,是的,真相会浮现

---

① Grigori Iefimovitch Novykh Raspoutine(1871—1916),沙俄时期的修士,因医好皇太子的病深受信任,掌控朝政,后被尤斯波夫公爵暗杀。

的。眼下，让我们尽情地玩乐吧，让我们陶醉吧，堆砌金子、首饰，要不，谈谈钱，梦想钱，让我们的手爱抚着金锭、宝石、卢布，这些明天就值……？值多少？啊！这个嘛，是明天的事……想明天有什么用呢？……要卖，卖，再卖……也得买，买，再买……

"上帝，请保佑爸爸……"

她在心里省略了母亲的名字。

"上帝呀，保佑罗斯小姐吧……请原谅我的罪恶。让法国人赢得战争吧……"

四

突如其来的二月战争过去了,接着是十月的战争。城里一片惊慌,笼罩在冰雪下。这是一个秋日的星期天,午餐后。马克斯也在。屋里弥漫着雪茄烟味,能听到被缝入沙发里的一捆捆美元和账簿发出的噼啪声。时间是下午三点,他们用球形玻璃杯喝着昂贵的白兰地。大家都不说话,出神地听着远处传来的微弱枪声,枪声从早到晚在郊区响个不停,可是已经没人在乎了。

卡罗尔将埃莱娜拉来坐在他膝盖上,他早已忘记了她的存在。他机械地抚摸她,像在玩弄狗的耳朵。有时,他一边说话,一边用力拽埃莱娜的头发,让她疼得直哆嗦。他的动作十分粗鲁,可是埃莱娜毫无怨言,她很高兴能激怒她母亲。然而,她还是想从他怀里溜走,他拦住她:

"等一会儿……你从不和我多待。"

"我还有功课要准备呢,爸爸。"她说着吻了吻那棕色的手,他的手指细长灵巧,戴着又粗又圆的金色结婚戒指,是旧款式,象征着约束……

"把它们拿到这儿来……"

"好的,爸爸。"

他把一块浸过白兰地的糖塞进她嘴里:

"吃吧,埃莱娜……"他随即就把她忘了。

他们谈论着上海、德黑兰、君士坦丁堡。必须走。去哪儿?……危险无处不在,但是,对所有人来说都一样,它尚显得轻微、短暂。埃莱娜没在听,地球某个角落的名字她听不懂,也不在乎。她这会儿跳下地,坐在红色扶手椅里,预习第二天的功课。那是一本《德语会话》,要背诵的是 die zwanzigste Lektion(第二十课),描写一个和睦的家庭。埃莱娜低声读道:"Eine glückliche Familie(一个幸福的家庭), Der Vater(父亲)ist ein frommer Mann(是一位谦逊的人)……"

"老天!"她心中叹道,"多蠢啊……"

她看看课文的插图。

一间蓝色的客厅里,"幸福的家庭"欢聚一堂——身着礼服的父亲穿着拖鞋坐在壁炉边看报纸,卷曲的金色胡须拖到胸前;母亲,典型的"家庭主妇",腰上系着条围裙,正为架子上的小摆设掸灰;女儿在弹钢琴,上中学的儿子在灯下学习,还有两个幼童、一条黄色的狗和一只灰色的猫坐在客厅中央的地毯上,"沉醉在",按书上的说法,"和它们的岁数不相符的娱乐中"。

"弥天大谎!"埃莱娜心中道。

她看看身边的人们。他们看不见她,对她而言,他们也显得虚幻而遥远,半融化进浓雾里,稀疏、空洞的影子没有血也没有肉。她生活在一个离他们很远的虚幻世界里,她是那里的主人,女王。她掏出总放在口袋里的一截铅笔,犹豫着,将笔挨近书本,慢慢地、慢慢地,像承载着天大的重担。

她写道:

"父亲记挂着在街上遇见的女子,而母亲刚刚和情人分别。他们不了解他们的孩子,孩子们也不爱他们。女儿惦念着她的恋人,儿子则想着在学校里学来的粗话。孩子们会长大,变得和他们一样。书本上的话都是骗人的,世上没有道德,也不存在爱情。所有的房子都一样。每个家庭里有的只是名利、谎言以及相互间的不理解。"

她停下来,在手中转着笔,嘴角绽放出残酷、怯懦的微笑。写下这一切对她来说是种解脱。没人在意她。她可以尽情做她想做的事。她接着往下写,吃力地握着铅笔,可是下笔出奇地迅捷、轻快,这是前所未有的。她的思维也特别敏捷,一边想着在写的内容,一边在脑子里组织新的句子,然后又骤然停下。她玩着这新游戏,就像那年冬天的一个晚上,她看着泪水在脸颊、手背上流淌,被冻成了冰花。

"到处都一样。在我们家也是,一样的。丈夫,妻子和……"

她犹豫了一下,写道:

"情人……"

她擦去最后一个词,然后又写上去,拿眼睛欣赏了一会,接着,再一次将它擦去,涂改每一个字母,结果只剩下一连串小箭头和圆圈,到最后,那词已失去最初的模样,像个长满触角的动物或披挂着辣椒的植物。这样它就有了一种奇怪、不祥、隐秘、突兀的面目,她看着很喜欢。

"你在写什么呢,埃莱娜?"

埃莱娜不禁大惊失色,脸色逐渐转为青灰,面部显出早熟的苍老、疲惫,惊讶而怀疑地看着她。

"啊!是这个呀,可是……你在上面写了什么,拿来!"贝拉命令道。

埃莱娜攥紧双拳,静静地团起那张纸,准备撕碎它。

贝拉扑了过来:

"给我!"

埃莱娜很绝望,用颤抖的手指将那页揉皱,可书太厚了,印着图的光滑纸面嘎吱作响，但就是不破。她恐惧地闻着胶水和粗劣颜料混杂的味道，她永远也忘不了……

"你真是疯了！……还不马上给我？……你给我当心点，埃莱娜！"贝拉歇斯底里地喊道，用指甲发狂地抓住小女孩的肩膀，那么用力，埃莱娜只觉得锋利的指尖穿过裙子插入她的肉里。但她紧紧抓着书本不撒手，一滴眼泪也没流，咬紧牙关，直至它突然脱手，掉在地上。贝拉冲上前去拿起撕下的那一页，读了铅笔写的几句话，又看了看边上的图画，显得十分震惊，一股热血猛然涌上她过分苍白的脸庞，尽管那脸上经过精致的粉饰。

她叫喊着：

"她疯了！……小可怜，忘恩负义的家伙，小荡妇！可怕的骗子！你不过是个傻瓜，听见了吗？你只不过是个可怜的小傻瓜！……若有人想，若有人敢想这样无耻、愚蠢的事，至少不会写出来，会藏在心里！你胆敢评判你的父母！可怜的父母！他们为你牺牲，为了你好，为你的健康、幸福担惊受怕！忘恩负义的家伙！你知道什么叫父母吗？……他们为你奉献了一切！在这世上你不会有比这更宝贵的东西了！"

"除了做买卖，"埃莱娜痛苦地想，"他们还想被别人爱！"

母亲气得变形的脸靠近她的脸，她看见充满憎恨的眼睛，因恼怒和害怕张得更大：

"你还缺什么呢，没良心的？看看你！有书，有裙子，有首饰！看哪！"她叫嚷着将珐琅吊坠从链子上拽下来，坠子滚到地上，她用鞋跟踩它，疯狂地踩踏：

"你看她，瞧这张脸！一句道歉的话也没有！眼泪都不流一滴！你等着，我的女儿！我会收拾你的！这一切，都是家庭教师的错！是她让你疏远了父母！她教你鄙视我们！好啊，她可以卷铺盖走了，你听见了吗！……你可以向她告别了，向你的罗斯小姐！你再也看不到她了！……哈！这，这倒让你哭了，嗯！……你看看她，鲍里斯！……你的好女儿！……对我，她的母亲，对你，没有一滴眼泪！而一提罗斯小姐，她就老实了！……啊！你肯说话了现在！你要说什么，听听，听听！"

"不是她，妈妈！妈妈，是我的错！"

"闭嘴！"

"对不起，妈妈，对不起！"埃莱娜哭喊道，似乎她的屈辱是唯一的祭品，能够平息命运的怒火。她绝望地想：

"他们想对我怎样都随他们！要打要杀都随便，可就是别赶罗斯小姐走！……"

"妈妈，对不起，我再也不敢了！"她喊着，下意识地寻找最有违她自尊的字眼，受惩罚的孩子该用的字眼："求你了，原谅我！"

贝拉见她不再反抗，越发变本加厉。或许她想借由叫嚷和泪水让她丈夫晕头转向，转移他对马克斯的注意？

她跑到门边，打开门叫道：

"小姐！你马上来一下！"

罗斯小姐颤抖着赶了过来。她什么也没听到，惊恐地看着埃莱娜：

"怎么回事？"贝拉尖声道，"这个小鬼……这小鬼是个忘恩负义的家伙，一个撒谎的人！是你教会了她！祝贺你！够了，现在够了！我一忍再忍，可这一次实在太过火了！你走，听见了吗！我要让你看看我才是这个家的主人！"

罗斯小姐听着,什么也没说。她的脸色甚至没有变白——她透明的脸庞还不可能变白……贝拉停止了叫嚷,她好像还在听……狂怒的话语仿佛惊起了一声回响,只有她能听见。

她惶恐地轻声说道:

"好的,夫人……"

此前还不曾开过口的马克斯耸耸肩说:

"算了,瞧,贝拉……你未免小题大做了!"

"给我滚!"贝拉对她女儿吼道,在她一动不动、一声不吭的脸上抽了一巴掌,脸上立刻留下鲜红的指甲印痕。埃莱娜轻轻叫了一声,没哭,转身去找父亲。他手里还举着那本写了字的书,一语不发。让埃莱娜心软,让她心里充满内疚的是这个和她相同的姿态:退缩,紧靠着墙壁,像要挤碎自己,遁进黑暗中去。

埃莱娜走近他,轻轻地,从紧闭的嘴唇里吐出一句:

"爸爸,你希望我告诉你被擦掉的是哪个词吗?"

他使劲地躲开她,用和她一样低的声音答道:

"不!"

接着,他慢慢地闭上嘴唇,和她一样(她明白他什么也不愿知道,他想继续爱这个女人和这幅家庭讽刺画,保留这世上他仅存的幻想),他说:

"走开!……你这个坏女孩!"

五

和每天晚上一样，罗斯小姐带着蜡烛来为埃莱娜铺床。和每晚一样，她平静地说：

"快睡吧，什么都别想……"

她轻轻将温软的手放在埃莱娜额头上，一个重复了十一年的机械动作。接着，她叹了口气，上床去睡了。

埃莱娜的心碎了。她借着蜡烛的光，绝望地看着那张平静的面庞，看了很久。罗斯小姐也睡不着……或许，和埃莱娜一样，她也在听钟声。她闻着从门底下飘进来的烟味，隔壁房间里，埃莱娜的父母在低声说话。不时地，会有一声尖叫传到小女孩的床前。

"那不是真的……鲍里斯，我向你发誓那不是真的……"

她的谎撒得真好……

埃莱娜又听到：

"你看，孩子们有多忘恩负义……她爱一个外人胜过爱我们。一个阴谋家……就是这个法国女人让她和我们疏远了……"

然后她只听见一阵隐约的窃窃私语、流泪的动静和她父亲疲惫的声音：

"别哭了，好吧……贝拉，我亲爱的……"

"我发誓他只是个孩子……一个迷恋我的孩子……这能怪我吗？……你是知道我的，不是吗……是的，我是喜欢逗他开心，可在我眼里，他只是个孩子……有的时候，我是逗着他玩的，你知道，可是在小女孩或老女人淫荡的想象中……我爱你，鲍里斯……你难道不相信我吗?"

埃莱娜听见卡罗尔长长的叹息:

"相信,相信……"

"那么,亲亲我,别那样看着我……"

接吻的声音。蜡烛灭了。埃莱娜绝望地想:

"她会死的……离开我她会死的……她那么孤独,一个人……他们怎么就不明白呢?……他们看不出他们在谋害一条人命吗?……啊!我恨他们,"她想到她母亲和马克斯,"我真恨他们……"

她使劲拧着自己瘦弱的手。

"我要杀了他们。"她喃喃道。

门外,有无政府恐怖主义者经过,震得她房间的白色小书架和上边呆头呆脑的小雕塑直颤。他们爬上一辆老福特汽车,手里举的牌子上挂着一颗死人脑袋。他们在空荡荡的大街上扫射机枪,可是没人去听。在紧闭的窗户后,已经麻木的人们对这一切听之任之,睡得正香。

接下来的一天里贝拉没和埃莱娜说一句话。卡罗尔总是不在。埃莱娜由于过于腼腆,对罗斯小姐也一言不发。又过了一天。罗斯小姐开始收拾行礼,而生活依然继续,一如往常……就这样,狂热的梦想与家务琐事混杂在一起。埃莱娜做功课,和母亲面对面吃饭。电已经停了几个星期了,偌大的房间里黑漆漆的,只有蜡烛的微弱光亮在角落里闪烁。从中午到下午两点,埃莱娜和罗斯小姐一道出门。这个时段枪声稀少,街上也安静许多。

在一所荒废的房子里,被遗忘的烛光摇晃,窗户被木板钉上了，浓雾填满埃莱娜的嘴，进入她的喉咙，有一股干涩沉重的味道。那一天，她们就这样走着，忽然，埃莱娜抓住罗斯小姐戴着黑色毛线手套的手，害羞地握紧它，握着她那瘦弱的手指。

"罗斯小姐……"

罗斯小姐颤抖了一下，但没有回答，任由埃莱娜的手落下，仿佛这样的接触引起了远处的声响，只有她自己能听见。埃莱娜叹了口气，不说话了。雾气呈现黄色，并且一阵比一阵浓。有些时候，街道变得那么昏暗，埃莱娜几乎看不见罗斯小姐，只隐约看见一个迷失在浓雾中的模糊身影。她急忙伸出手，摸到罗斯小姐的大衣。她们又沉默地继续向前走。有时，一盏煤油灯会奇迹般亮起，黯淡的光线洒在她们身上。浑浊的空气中，透过颤动的蒸汽，可以看见一张瘦削的脸，小嘴紧闭，戴一顶黑色的绒布无沿帽。黑暗中，运河的恶臭直熏上来，打二月革命以来就再没人想过清理它或是为它加固堤坝。在水的重压下，这充满烟、雾、幻想的城市慢慢瓦解、崩塌，回复到虚无。

"我累了，"埃莱娜说，"我要回家。"

罗斯小姐不回答。虽然埃莱娜觉得她的嘴唇似乎动了一下，但没有发出声音，而且浓雾更减弱了音量。

她们继续走着。

"现在应该很晚了。"埃莱娜想。

她饿了，问：

"几点了？"

没有回答。她想看看腕表，可天色太暗了。她们经过冬宫的大吊钟，埃莱娜慢下脚步想听听钟敲几点，可罗斯小姐不停地走。埃莱娜跑着去追她。后来她想起这吊钟被砸坏了，不会响。

雾忽然之间变得好浓,她几乎追不到罗斯小姐,可路是笔直的,她很快就摸到了熟悉的羊毛大衣。

"等等我,瞧,你走得太快了……我累了,要回家……"

她等了半天仍然不见回答,于是用恼怒、骇人的口吻说:

"我要回家去……"

突然,她听见罗斯小姐在冷冰冰地自言自语,从容而理智:

"很晚了……可家就在旁边。他们为什么不点灯?……晚上,妈妈从来不会忘记在窗台上放一盏灯。我们坐在那儿,姐妹们和我或缝纫或看书……你知道马塞尔来了吗?"她说着转身问埃莱娜,"他会发现你长大了……你还记得那天他背你爬上巴黎圣母院的钟楼?你笑得多开心……你现在不怎么笑了,可怜的小家伙……听着,我知道不该让自己依恋你……有人早就告诉过我……谁?……我忘了……永远不要让自己依恋别人的孩子……我原本也可以有一个孩子的……他现在应该有你这么大了……我曾经想去跳塞纳河……爱情,你知道……哦不,我老了……你知道我该回家去,埃莱娜……我很累……我的姐妹们在等我。我会见到小马塞尔……"

她自嘲地轻轻一笑,尔后痛苦地叹了口气,接着断断续续说了几个字,不过口气十分平静、淡然。然后,她重新拾起埃莱娜的手,并用力握紧它。埃莱娜跟着她,这一切都那么陌生,她觉得好像漫步在梦境……她们走过涅瓦河上的一座桥,桥由几匹奔腾的铜马把守;马背上覆盖着一层稀疏、轻薄的雪。经过底座时,埃莱娜用手碰了它一下,雪落下来,洒在她的大衣上。她又听见那嘶哑的、最终以叹息告终的笑声。很快又起雾了。她们沿着街道往前走,罗斯小姐走在前面,不耐烦地重复道:

"快点，快点，再快一些……"

街上空无一人。在宫殿的转角处，有个孤独的水手从黑暗中钻出来，将手里拿着的金质鼻烟盒伸到埃莱娜鼻子下，她清楚地看见了发黑的血渍还没有被擦去，留在金色的盒盖上。浓雾隐去了那人的腿和脸的上半部，看上去像只有半截身子在飘荡，一阵烟雾在他和埃莱娜中间飘过，他似乎消失在了夜色中。

埃莱娜绝望地喊道：

"停下！……放开我……我要回家！……"

罗斯小姐轻轻颤抖了一下，松开紧握她的手。埃莱娜听见她轻叹了一口气，重新开口说话时，那阵烦躁似乎过去了。她温和地说：

"别害怕，莉莉……我们回家去。刚才有一阵子，我失去了记忆……那儿有一盏灯，在街的尽头，让我想起我的家……你不会懂的……可是，唉，现在我很清楚这一切都过去了。也许是枪声让我这样的……一整夜都能听见，在我们窗外……你呢，睡得正香……但到了我这年纪，就觉得夜晚很漫长。"

她顿了一下，不安地问：

"你没听到尖叫声吗？"

"不，没听见，我们快回去吧！你病了。"

她们几乎找不到方向。埃莱娜冷得发抖，有时觉得在雾里认出了一条街、一栋建筑，一座高大雕像的底座出现在浓雾中。她们走向涅瓦河，可雾越来越浓了，得摸着墙壁走。

"你就该听我的，"埃莱娜气乎乎地说，"现在我们迷路了……"

罗斯小姐却走得出奇地快，坚决得近乎盲目。埃莱娜机械地将手放在她的水獭皮暖手笼上，触到了缝在毛皮上的人造紫罗兰花束。

"你认得路吗？我什么也看不到……罗斯小姐！回答我！你在想什么呢？"

"你说什么，莉莉？大声点说，我听不见……"

"雾把声音压低了……"

"雾和尖叫。真好笑，你竟然听不见尖叫声……在很远，很遥远的地方，但非常清晰……你累了吗，我可怜的小家伙？……不过没关系，没关系，我们快走，快走。"她焦急地反复说道。

"哦！为什么呢？"埃莱娜苦涩地道，"没有人在等我们，算了吧……他们才不关心呢……她和她的马克斯在一起……哦！我真讨厌她……"

"嘘！嘘！"罗斯小姐轻声道，"别这么说，这不好……"

她开始极其匆忙地赶路。埃莱娜问：

"可是你要去哪儿呢？想想吧……你看不见要去的地方……我肯定我们离家越来越远了。"

罗斯小姐不耐烦地答道：

"我知道自己往哪儿走……你不用操心……跟着我……我们很快就可以休息了……"

突然，她抽出手，只剩下戴的手笼留在埃莱娜的手里。她往前冲了几步，可能转进了一条街的转角，立刻被浓雾吞噬，她如幻象般消失得无影无踪。

埃莱娜嚷着扑上前去：

"等等我……求你了！你上哪儿去？你会被打死的！他们都在街的这边开枪！哦！等等我，等等我，求你……我害怕！他们会伤害你的!"

她什么也看不见,雾从四面八方把她包围了。她仿佛看见远处有一个影子,她急忙追上去,对方是一名自卫队员,将她一把推开。她叫道:

"救命!帮帮我!……你有没有看见一个女人从这儿经过?"

可那自卫队员喝醉了,况且一个孩子喊救命在当时是再寻常不过的事,便扶着墙壁走远了。埃莱娜想,可能自己跑得太快了,罗斯小姐虚弱的腿跑不了这么远。她于是照原路返回,走在浓重的雾里。缓缓漂移的浓雾像烟,不时有高大的房屋、路灯或桥拱忽隐忽现。她绝望地想:

"我再也找不到她了!"

她听见声音在自己的耳朵里回响,被雾减低、压弱了:

"罗斯小姐……哦!亲爱、亲爱的罗斯小姐……等等我,回答我呀!……你在哪儿?……"

她看到微弱的灯光闪烁,于是凑上前去,只见一群人围着一匹死马。他们举着灯,在安静地一块一块切割它。她看见露出根部的长长的黄牙齿仿佛在黑暗中冷笑,便尖叫了一声,冲向一条两旁耸立着高房子的陌生街道。她大口地喘气,每踏出一步,都在断断续续的呼吸中感到一阵揪心的痛苦。她不知道自己在哪儿,由于受到惊吓,加上层层浓雾,她什么也不认得了。她远远地逃离这些人、这阴森的光和死马的长牙齿……还时不时地喊一声:

"救命,救命啊!罗斯小姐!……"

可是她微弱声音即刻就消失了。况且,在那时,呼救声只能让寥寥几个路人加快脚步赶回家去。她一直逃,远处有一盏亮着的路灯，散发出苍白的光亮，笼罩着一圈红色光晕，仅能照亮一小块黑色的地面，照出雾的弥漫旋转。她跑到路灯下，摆脱了黑暗的空间。她搂着它，气喘吁吁，像抱着朋友般紧紧抱着落满雪的湿漉漉的铜灯杆。她用手抓起一把雪，一阵冰凉让她冷静下来。她绝望地想找到一个人，可是没有……街上冷冷清清的。她在一个被高大房屋包围的四边形里绕圈，迷失在浓雾里，反复走相同的路。有一次，她撞到一个路人，当她感到对方的呼吸吹到她的脸上，看见他惊骇、陌生的眼睛凝视着她时，她吓得仿佛心都要停止跳动了。她使尽全力挣脱了抓住她的手，又开始跑，跑得更远，紧咬牙关，喊着：

"罗斯小姐！你在哪里？你在哪里啊，罗斯小姐？"

可是内心深处，她很清楚自己再也见不到她了。她最后停下来，绝望地自言自语道：

"现在该回家了，试着回家……也许她已经在家里了？"

可她接着又想起，无论如何，罗斯小姐马上就要走了。于是她高声说，痛苦地惊诧于从自己唇间发出的话语：

"如果她必须死……如果她的时辰到了……这样或许更好，上帝啊……"

泪水从她的脸颊滑落，她似乎已经停止了与命运的斗争。她将罗斯小姐交给了命运，自己沿着河岸走。她用手摸着又湿又冰的花岗岩栏杆，冷得发抖。起风了，发出可怖的声响。

水的气味，彼得堡运河乏味的气息，对她而言仿佛是这城市自身的呼吸，这气息忽然减弱了。雾开始消散，缓缓地远离她而去，她久久地注视着运河的水。

"我真想跳下去，"她心中道，"我宁愿死……"

可她很清楚那不是真的。此刻她眼中所见的一切、所感受的一切，她的不幸，孤独，这污浊的水，被风动的灯笼发出的微光，一切的一切，甚至她的绝望，都将她推回现实。

她停下脚步，缓缓将手放到额头，高声叫道：

"不，他们难不倒我。我有勇气……"

她使劲盯着水流，抗拒漩涡的扰人诱惑，大口大口地将风吸入口中，想：

"至少我还留有它……我坏，我有颗硬心肠，我不知宽容，但是我有勇气……请帮助我吧！上帝……"

她紧咬牙关不让自己哭出来，慢慢走回家去。

六

罗斯小姐当天夜里死在医院,是几个自卫队士兵送她去的,因为她倒在一条街的角落里,失去了知觉。大衣口袋里的一封信,她收到的最后一封来自法国的信,证实了她的身份,因为信封上写有她的名字。

人们通知了卡罗尔家。他们对埃莱娜说她没有遭罪,她衰竭的心脏停止了跳动。极度狂躁的发作,可能是当地的气候引起的……她应该已经病了很久了。

埃莱娜的母亲对她说:

"可怜的女儿……她对你那么依恋……我们本该送她一份小小的定期利息,她就可以平静地好好生活了……可是,从另一方面说,她又会感到孤独,因为我们要走了,而且不能带上她……也许这样更好。"

可是这时期有那么多的人死去,因此无论是当时或是后来,都没人有工夫安慰埃莱娜。

他们反复说:

"可怜的小家伙……想想,她该有多么害怕……但愿她别病倒……早晚有一天……"

接着,日子一天天过去,埃莱娜独自回到空荡荡的房间,死者的物品还在,一张几乎看不清了的老照片上,二十岁的罗斯小姐和姐妹们在一起,柔若轻烟的头发垂在脸旁,脖子上系着丝绒饰带,苗条圆润的腰身扎在带扣的腰带里。埃莱娜久久地望着她,没有哭。心房仿佛被泪水填满,生硬而沉重得像块石头。

出发定在两天后，他们要去芬兰。卡罗尔陪她们去，然后回莫斯科朋友家取金锭。马克斯跟他们一起走，他的母亲和姐妹们逃到了高加索，他拒绝与她们一道去。卡罗尔听之任之。埃莱娜听见隔壁屋里父母在数贝拉的珠宝并将其缝进衣服里，他们在嘀嘀咕咕，金子发出丁当声。

"要是我早知道，"埃莱娜心想，"要是我能早点发现那可怜的人疯了……要是我告诉大人们……他们就会照顾她，医好她，她就能活下去……"

可是她马上摇摇头，面带干涩的苦笑。老天，谁会有时间操心这些事呢？一个人的健康、生命现在有什么重要的？有人死了，有人活着，那又如何？城里的街道上，人们带着死去的孩子上公墓，孩子被装在袋子里，因为数量太多，不可能为每个人支付棺材费。她回忆起几天前，在课间休息时，穿着罩衫的小女孩紧紧贴着窗户，粗大的发卷垂到脖子，手指上沾着墨水，目不转睛，也没发出一丝声音，看不出任何表情，除了脸色苍白，嘴唇发青。她贪婪地看着一名男子被行刑。五个士兵一字排开，一个受了伤的男子站在墙前，扎了绷带的头上血迹斑斑，摇摇晃晃地像个醉汉。他倒下了，被人抬走，像另一天用担架抬一个裹在披肩里死去的陌生女人。还有一条饿狗也曾在这扇窗下死去，瘦弱的胸部敞开了，淌着鲜血。孩子回到书桌前，重新开始在苍白微弱的烛光下磕磕巴巴地读道：

"拉辛刻画的是人真实的样子，而高乃依刻画的则是他们将会变成的样子……"

或者，由于历史教材尚未更改：

"我们敬爱的皇帝——尼古拉二世——的父亲唤作亚历山大

三世,他登上皇位是在……"

生命,死亡,是如此的微不足道……

她昏沉沉的脑袋又耷拉在胸前,可是她最担心的,是困倦……别睡着,别遗忘,别在醒来时,脑子里还朦朦胧胧笼罩着不幸的感觉,在空荡荡的床上,寻找那张熟悉的面孔……

她咬紧牙,朝黑暗转过身,而黑暗是可怖的,仿佛充满了怪异的脸孔和黑色水流的漩涡……窗玻璃上是被月光照亮的白色雾气。水的味道似乎穿过紧闭的窗户飘进来,顺着地板,爬向她。她满心恐惧,转过身,又看见了那张空床。

"去吧,"心里有个声音轻声道,"叫你父母来,他们在那儿,会明白你的苦痛。他们知道你害怕,安排你睡到别处去,他们会搬走这张床,它这么平坦,这么空荡……"

但是她想至少保住她不可侵犯的骄傲:

"这么说我还是个孩子?……我害怕死亡,害怕不幸?害怕孤独?……不……我谁也不叫,特别是他们俩。我不需要他们。我比他们所有人更强大!他们不会看见我的眼泪!他们不配帮助我!我再也不会提她的名字……他们不配听见这名字!"

第二天,她收拾好抽屉,将罗斯小姐少得可怜的物品装进一只行李箱。她认得短上衣上面每一道皱褶、每一个织补处,被送回来的大衣还浸透着雾的味道。她在衣物上面放上书本,然后,她扣上盖子,转动钥匙,从此再也没在家里的任何人面前提起罗斯小姐的名字。

第三部分

一

雪橇奔向一处微弱的灯光，灯光在雪的褶皱中看上去忽暗忽明，亲切地闪烁着。黑夜黑得纯粹，冷得残酷。芬兰的雪地，没有岩石，没有丘陵，只有一望无际的冰雪，直到地平线，似乎为了贴合地球的形状而显得微微有些下降。

埃莱娜当天早晨离开了彼得堡。才十一月初，这里就已隆冬。没有风，可是寒气阵阵从地面刮上来，欢腾地冲向黑色的星空，吹得点点繁星如风中的蜡烛般飘忽不定。群星黯淡，微微颤颤，像蒙上雾的镜子，然后寒气散去，星星亮起来，雪泛出微蓝的光，似乎近在眼前。只需伸出手……等马跑过去，手就可以抓到了……可是不行，雪橇不停地滑，而那微弱的光亮却不断地往后退，重新开始闪烁，好像在讥讽。

路转了个弯，远处的灯光越来越亮，马儿摇晃脖子上的一圈铃铛，小铃一个比一个响得欢。埃莱娜感到风从耳边呼啸而过，挂车慢下来，铃声又变得轻柔、慵懒。

埃莱娜坐在雪橇里，夹在她父母中间，对面是马克斯。她挣脱他们，撩起包着脸的披巾，像喝冰酒般地大口吸气。三年来她只闻到彼得堡死水的臭味，现在她重新找回了呼吸纯净空气的快感。空气通过舒张的鼻孔和张开的嘴，进入身体，直到心脏，后者似乎跳动得更有力，也更健康了。

卡罗尔伸手指着越来越近的灯光说：

"应该是酒店吧？"

马蹄下飞出一团雪，埃莱娜闻到冷杉、冰雪、空间和风的气息,像北方的呼吸,叫人久久难以忘怀。

她想:

"天气真好。"

酒店更近了,现在已经可以看见它了。这是一间简单的两层楼木屋,盖满雪的大门吱吱呀呀地打开了。

"到了!"卡罗尔说,"我喝杯伏特加就走。"

"怎么?今晚就走?"贝拉叫声中带着快活的颤抖。

"是的,"他说,"必须走。再晚就危险了……边境随时可能关闭……"

"啊!我们怎么办?"贝拉喊道。

他低头亲吻她。这一切埃莱娜都没有看到,她跳到雪地里,高兴地用鞋跟敲击亮如钻石的坚实地面。她呼吸着冰冷纯净的空气、冬夜的寒风,一扇窗里亮起了红色火光,一种圆舞曲般的气氛顿时在荒凉的乡间弥漫。

埃莱娜先是感受到宁静,一种深沉的平静,是她短暂的生命旅程中还不曾领略过的。随即,好似吃过补药后效果立现,一阵孩童式的欢愉,一种热烈的喜悦顿时充满她的灵魂,她跑进屋里。她父母与老朋友重逢,在门口交谈。门敞开着,她隐约听到他们在说:

"革命……红军……至少要持续一整个冬天……"

"这里,一切都很平静……"

一个响亮的男声响起:

"羊羔、绵羊,这里的共产党……愿上帝保佑他们……我们有黄油、面粉、鸡蛋……"

"没有面粉,别夸张了,"一位妇人说,"依我看,要是有人告诉说我天堂里有面粉,我是不信的。"

埃莱娜听见他们笑起来,她走进前厅,后来她常在此更换冰鞋;透过敞开的门可以看到餐厅,确切地说是一间食堂,一张桌子摆放着二十副餐具。地板、墙壁、家具都由同一种金黄色木头制成,黏手、光亮,还散发着刚刚砍下的冷杉的芳香,树干中央深深的刀口淌着汁液。可让埃莱娜诧异的,是房子里洋溢的欢声笑语。她听见孩子的叫声,她已经忘了的年轻的声音。成群结队的孩子从外面回来,小雪橇架在肩上,冰鞋用带子绑着挂在脖子上,脸颊因夜晚的寒冷被冻得通红,头发上满是雪花。埃莱娜向他们投以轻蔑的一瞥,她比他们年长得多,十五岁了。她像老妇人那样摇头叹了口气,这是她在尼斯曾经梦想拥有的年龄,转眼就来了,来得太快了。那时她还小,罗斯小姐还活着……一阵悲痛涌上心头。她走上前,推开一扇门,看见一间小得可怜的客厅,一些年轻女孩在跳舞,她们冷冷地看着埃莱娜。她又回到前厅,两个金发小男孩在里边玩,小胖脸通红。

一个肩头落满雪花的年轻男子出现在门口,孩子们嚷着"爸爸"跑向他,他将他们拥进怀里。一位十分美丽的妇人打开门,她乌黑的头发用发带束起,平静的脸上面带微笑,用温柔的语调对年轻男子玩笑道:

"我的天,弗雷德,你成什么样了!放开孩子们,你弄得他们浑身是雪!……"

年轻男子笑着抖抖雪花,摘掉毛皮帽的时候看见了埃莱娜,冲她笑了笑。他走向他妻子,妻子挽住他的胳膊。一名女佣来领走孩子,他们拉住母亲的裙裾,塔夫绸的大摆裙沙沙作响。她弯腰亲吻他们,埃莱娜看见她戴着长长的金耳环,末端坠着两颗珍珠在她的黑发中闪闪发亮。她的百褶领是细麻布做的，裸露的手很美。她觉察到埃莱娜紧盯着她的目光，也报以一笑。她丈夫打开门，他们转眼不见了。埃莱娜听到真丝裙的摩挲声，钢琴重新奏起；那妇人开始用热情柔美的嗓音演唱一支法国情歌。埃莱娜一动不动地听着，出神地沉浸在幸福的凝思中。她几乎没听见父亲叫她——他要走了。她跑过去，他吻了她，带着紧张、不信任的温柔，这是他情感表达的惟一方式。拉他们来的雪橇就等在台阶前，他坐进去，离开了。

埃莱娜跑向花园，在里面转了一圈，静悄悄地喘着气，呼吸着裹着雪的空气。脚下结冰的白色路面被台阶上的路灯照着，反射出淡淡的光。这样奔跑多么开心……她的腿已经长得像个女人了，还是那么灵活。晚餐的铃声响了。埃莱娜对这种宁静而有规律的生活、让人愉快的惯例感到特别满意。可怜的钢琴努力在肃穆的黑夜里奏出情歌的音律，热情的歌声如鸟儿的鸣唱，像一支箭，轻松地射向冰冷的夜空。

一条大黄狗从黑暗中走出来，把湿漉漉的鼻子放进埃莱娜手中。她抱住它，亲了一下。热汤的香味飘出来，还有当时取代面粉的土豆淀粉做的糕点。

埃莱娜想："我饿了。"她向屋子跑去。这在她简直是新鲜事，因为在彼得堡，她有时不想吃东西，吃对于她是种困扰，令她厌恶，即使在食品尚未完全缺乏、但已经稀罕的时候也如此。她绕着房子，靠近厨房，看着红色的炉灶和点亮的灯，一个穿白围裙的女人，被火光照亮……一切都是那么安静！她再一次想起了罗斯小姐，而回忆还这么近，却已经失去了力量……或许是由于它的悲惨，在记忆中转变为一种诗意的、悲凉的想念……她无奈地感到自己的无所谓、冷漠、轻松和解脱。她觉得可耻，可又想：

"现在，他们没有任何办法可以伤害我，因为那可怜的女人已经不在了。"

她重新来到小客厅的窗户下，很高兴陷进厚厚的、结实的雪堆里，雪发出轻微的嘎吱声。一盏罩着红布的灯照亮了房间，喊"弗雷德！"的女子现在正安静地演奏一曲华尔兹。她年轻的丈夫低头亲吻她的肩膀。一种奇异的诗意、温柔的情绪涨满埃莱娜的心房。她从高高的雪堆上跳下来，他们应该能看到她轻巧的身影消失在夜色中。那女子弯腰笑了，年轻男子笑着拿手指逗她。埃莱娜逃开了，心快活地跳动，没来由地低声笑起来，为黑夜中听见遗忘已久的笑声而快乐着。

二

　　边境还没有封闭，可开过的每一列火车都像是最后一列。去彼得堡每次都需要勇气，是疯狂的英雄主义行为。尽管如此，每个星期，贝拉·卡罗尔和马克斯还是要回去，以各式各样的借口，因为彼得堡被遗弃的家里比任何地方都安静。鲍里斯·卡罗尔被困在莫斯科，脱不得身。萨甫洛诺夫一家离开了喀萨斯，但马克斯不知道他们是否顺利抵达了波斯或君士坦丁堡。十二月初，他收到母亲的来信，哀求他去看她，说她很孤独，年老体弱，抱怨他"为了这个可耻的女人"抛弃了她。"她会甩了你的。当心……"她这样写道，"我到死也见不了你一面。你是爱我的，马克斯。你不会原谅自己拒绝我的祈求。来吧，尽一切可能来吧……"

　　然而他一再推迟动身，直到俄罗斯南部被白军占领，无法通行。他得知消息的那天，来到贝拉处，不顾埃莱娜也在场，说：

　　"我想我再也见不到我的家人了，这世上我只有你了。"

　　他们去彼得堡时，埃莱娜一个人待在酒店，她被随便托付给其他住客，主要是克赛尼亚·赫斯，她头天晚上见到的那位年轻妇人，和一位老妇人哈斯夫人，谈到贝拉时说：

　　"她，一个母亲？……一幅母亲的讽刺画还差不多！"

　　在芬兰生活着形形色色的人，他们像暴风雨夜晚的路人那样紧密关爱，没有财富与阶级的距离，有俄罗斯人，"正经人家"出身的犹太人（他们彼此间说英语，不卑不亢地遵循他们的宗教礼仪），还有多疑、头脑活络、腰缠万贯的暴发户。

晚上，他们聚集在破烂不堪的小客厅里。玩牌的人围坐在桥牌桌边，总是那几张面孔，大腹便便的胖子萨罗蒙·莱维脖子通红，勒纳特男爵和男爵夫人，瑞典裔的俄罗斯人，两人都很高瘦、苍白，被自己吐出的香烟所包围。男爵的声音柔和沙哑，笑声很轻，像个年轻少女，而他妻子则有着男人般粗壮的嗓音，讲猥亵的故事，一晚能喝光一小长颈瓶的白兰地，听到别人提起主的名字，就不断地划十字。

老哈斯也来了，身体虚弱，有心脏病，肩上披着条毯子，眼睛下方预示死亡逐渐逼近的青色浮肿正侵蚀着他的身体组织。他在玩牌，他妻子坐在边上，面色忧虑地望着他，心存希望，情绪低落，眼见至亲至爱的人身患绝症。她只是不时转身，在细珍珠串成的"狗项圈"上用力抬起她灰色的小脑袋，透过长柄眼镜注视进入她视野的人。女佣点亮煤油灯。年轻的女人们坐在一起，在绣小台布上的花，极不舒适的竹质轻便小长椅咯吱作响。赫斯太太也在她们中间。女人们谈到赫斯太太时都承认：

"她很美……"

沉默片刻后，她们又说了一句：

"她有个可爱的丈夫……"

然后，她们轻轻摇头，不情愿地挤出一个宽容的微笑，迅速从唇边闪过，脸上的表情既虚伪又反感，既骄傲又神秘，一副饶舌妇的模样，最后，她们会说：

"那个弗雷德……轻浮的家伙……"

弗雷德·赫斯三十岁，活力四射，黑眼睛快活明亮，眼神调皮，牙齿雪白。他和孩子们一样，从来闲不住，总是要跳，要溜，只要能从椅子上跳过去，他决不会绕着走。他在雪地里跟儿子们奔跑玩耍，他的妻子安静而略显沉闷，举止优雅，微笑地看着他，充满母性的温柔。弗雷德·赫斯在长子面前时才变得稳重，那是他唯一的至爱。他通过讲笑话、大声说笑、闪烁其词来逃避一切忧虑、一切责任和一切痛苦。他迸发出的笑声洋溢四周，像孩子般难以抗拒。他开的玩笑机智狡诈。和女人们——尤其和他妻子——在一起时，他像个被宠坏的孩子，甚至在哈斯老太太面前也十分讨好。他走到哪儿，欢乐就跟到哪儿。他属于那种青春不会变质、成熟不起来的男人，然而，突然有一天，他们会变老，变得尖刻、不怀好意、霸道专横。不过他还年轻……

夜晚来临。女佣们领孩子们去睡觉，孩子们拉着她们的手臂或围裙离开了。冰冷的窗户渐渐蒙上了一层湿润的水汽，油灯冒着烟，一闪一闪的。

作为消遣或为了保持传统，犹太人在谈论生意，商量相互之间买卖土地、矿井和房屋的事情，其实这些早在几个月前就被布尔什维克没收了。可是没人相信这样的政府会长久，他们认为它顶多生存两个月、三个月……悲观主义者说它熬不过冬天。他们还投机兑换卢布、芬兰马克或瑞典克朗。行情如此动荡，赚取的财富一周之内就在这昏暗、配有长毛绒和竹制家具的小客厅里烟消雾散了，外边的雪还在下。

俄国人在边上听着，起初还高高在上，对他们不屑一顾，后来也开始好奇，感兴趣了，一点一点地挪近椅子。晚间聚会接近尾声时，他们已经亲热地搭着此前被他们唤作"犹太教徒"的家伙的脖子了。

他们甚至相互补充道：

"真的，他们是被人诽谤的，他们中有些人还是挺可爱的……"

犹太人也说：

"他们不像你们说的那么蠢。大公完全可以成为一个优秀的股票经纪人，如果他需要挣钱谋生的话。"

就这样，两个无法和解的族群变得亲密无间，由于时代的不幸聚到一起，被共同的兴趣、经验和逆境联系起来，组成了一个团结、幸福的小社会。

大雪茄的烟缓缓弥漫到空气里，整捆整捆的银行纸币堆满一地，每天都在贬值，没有人去拾，它们经常被狗撕烂。有时人们走出去，在覆满雪的露台上，能看见天边微弱的火光。

"特里奥奇在燃烧。"他们淡淡地说，然后抖了抖背上、肩头落下的厚厚一层雪就进去了。与此同时，黑色小钢琴再度奏响，弹琴的是一个高个、身材扁平的女孩，虚弱、不安的肺病患者，亚麻色的头发，她整个白天都裹着毛皮待在露台，而一旦夜色降临，她就被客厅的灯光吸引，像夜莺般惊起，径直穿过客厅。旁人友好地问她问题她也不答，她坐在绿色绒面的矮凳上，开始不停地弹，从肖邦的小夜曲到亨德尔的轮舞曲，然后是《再到塔兰泰拉舞曲》，脸颊被夜晚的火光烧得发烫。

年轻妇女们教埃莱娜如何缝纫、刺绣，她感到平静而幸福，她恢复了童年时的健康与活力。雪、风、在森林中长跑使她脸上重新出现了明亮的玫瑰色，她笑眯眯地偷偷往镜子里害羞地看上一眼。

"这小姑娘变化多大啊！"女士们亲切地看着她说，"瞧她脸色多好！……"

那段时间，埃莱娜喜爱这一切，这群乖巧的主妇，静静听勒纳特男爵夫人讲故事，讨论彼此的孩子，交流果酱的制作方法；与此同时，窗玻璃上反射出远处越来越旺的火，她们在油灯下低头，拿金色小剪刀在麻质小台布上剪出细小的孔。

周六晚上，他们到村里去看红军们和女佣们跳舞。大家登上农民的大雪橇，中间填的是草料或羊皮。没法坐，大家都侧卧，一只肘撑着，每颠簸一下就跌作一团。

赫斯夫人和最小的孩子们留在家里，她丈夫可无论如何也不愿错过这场"舞会"。他将大儿子乔治托付给哈斯太太，然后跑到埃莱娜这儿来消遣。黑暗中，他笑着试图抓住她的手，轻轻脱去粗毛线手套，将那微微颤抖的纤弱手指握在手中。埃莱娜心跳得厉害，望着这张俯向她的面庞被月亮和火光照亮。火光来自挂在雪橇侧面的一盏灯笼，冒着烟，朦朦胧胧，忽明忽暗。弗雷德像女人一般敏感的嘴唇微颤，扮了一个滑稽、温柔的鬼脸。毛皮帽上的雪花散落像亮片，如同闪烁、笨拙的星星。埃莱娜闭上眼睛，她累了，在雪地里奔跑、玩耍了一整天。单人雪橇不够，他们就将一个卸了套的大雪橇从坡顶快速推下去，雪橇撞到一块结了冰的石头，所有负载物品都被抛进荆棘丛生的深深车辙里，两边厚厚的雪那么柔软……危险的游戏、刺激、男孩般的粗野，对这一切的喜爱，埃莱娜又重新找了回来。

星期六的舞会在一个仓库里举行，屋顶稀稀落落的木板就像圣诞节的马槽，透过屋顶能看到漆黑的夜空，隐隐被微弱的星光照亮。敲锣打鼓的嘈杂乐队的乐手骑坐在长椅上，跳舞的小伙子背着那装了子弹的长枪，猎捕狗熊的大屠刀用鹿脚作柄，在腰间摆动；他们用靴子跺地板，不时有阵阵香云升上来，那是干草的味道，因为仓库就建在干草垛上。女孩们穿着红色围裙，为显示她们的忠贞，金发上系着猩红的发带，跳舞时，裙子里的红色衬裙也跟着飞扬。

门不时地打开，吹来阵阵寒风。门外的水杉被月光照亮，僵直地一动不动，披满银光，每一根被冻僵的树枝都像钢条般一闪一闪，在黑夜中发亮。炉子里噼啪作响，人们把仍然湿的、沾满雪的新鲜树枝丢进去。一股浓烟弥漫在屋内，混杂着跳舞者呼吸吐出的水汽以及从大衣和毛皮帽里散发出的热气。埃莱娜坐在一张木桌上，两脚悬空。弗雷德·赫斯挨着她站在旁边，用力抓着她的腿。埃莱娜想往后退，可她身后有一对情侣半躺着倒在桌上接吻，她只得回到那年轻男子身边。她静静感受这全新的喜悦，这种平静，弗雷德身体散发的热度，他温柔的、轻轻抓着她脚踝的手散发出的热度，直暖进她心里。她享受这份暧昧的前所未有的快乐，伸出脸，让光线落到她的脸颊上，因为她知道自己纯洁而稚嫩，活泼、滚烫的年轻血液让她脸色通红。她笑了笑，露出一口洁白亮泽的牙齿，任由弗雷德握着她纤瘦的棕色小手，夹在他的身体和桌子中间。吊在屋顶的煤油灯装满黄色的油，不时迟缓地摆动。又一支舞曲开始，一支奥弗涅舞曲，震得地板咯吱作响，曲终是疯狂的旋转。埃莱娜在赫斯怀里跳啊转啊，脸蛋苍白，双唇紧闭，心里轻微感到一阵头晕和恶心。当一对对的舞伴们跳着跳着撞成一团时，周围女孩们的发带、长辫子就会扬起，打到她们的脸颊，像鞭子一样甩在埃莱娜脸上。

男人们跳够了，也喝够了走私的酒，就拿起毛瑟枪，往天花板上射。埃莱娜站在桌子上，两手撑着赫斯的肩膀，由于太过兴奋，没注意到她的指甲掐入了他的背。她看着这游戏，呼吸着她已然熟悉的弹药味。赫斯的大儿子，留着平头的脑袋像春天的草皮,细麻罩衫外罩一件短毛皮大衣,高兴地在原地直蹦。等子弹放完了,他们又开始争吵打架。

弗雷德遗憾地说:

"好了,现在该走了,我妻子会怎么说呀?将近午夜了,快走……"

他们走出来,等在门外的马匹嗅着结冰的地面,不时甩甩头上落满的雪花,脖子上挂的小铃铛摆动起来,轻细、幽柔的铃声穿越森林,穿过结冰的河流。埃莱娜与赫斯半睡半醒,随着马爬坡的步伐左右摇摆。埃莱娜感到她的脸颊烧得像火。深夜、疲劳和烟雾折磨她的眼皮,她目光懒散地看着粉红的月亮缓缓升上冬日的天空。

三

埃莱娜吹哨唤来她的狗，悄无声息地打开大门，从花园出去。天空苍白而明亮，田野里一声鸟儿的歌声也听不到。厚厚的雪地里，孤零零的几株结冰的水杉中间，印着动物经过的足迹，像星星的形状。狗儿们嗅嗅地面，然后往树林跑去，一个星期以来，埃莱娜跟赫斯每天在那儿见面。

他起初和他儿子们一块来，后来就自己一个人来。森林边上有一所废弃的房屋，那是一座老乡村宅邸，漆成水绿色的度假木屋，台阶上有两只石雕猎犬把守。它应该曾经被人放火烧过，后来火灭了——一整面墙被烟熏得乌黑。玻璃被石头砸碎了，踮起脚尖，能看见阴暗的客厅里堆满家具。有一天，赫斯将手伸进窗户，从墙上摘下一帧照片。隔着玻璃，只见它的边已经卷了起来，颜色发黄，秋日漫长而潮湿，冬季又没有生火，应该是这些改变了照片的面貌，那是一个女人的照片。他们长时间尴尬地看着它，这陌生的轮廓散发出一种阴沉、忧郁的诗意。接着他们将它埋在了一棵水杉下的雪地里。房子的门敞开着，摇来晃去，因为门上的铰链已经坏了一半。

这一天，赫斯在等埃莱娜的时候钻进仓库里，从各种各样的挂车里选了几副轻便的芬兰式雪橇。给花园里普通的椅子安上薄板，就称为芬兰式雪橇。这些椅子的背上还刻着小孩子们的名字，是用小刀刻下的笨拙字母。若向农民们打听这所房子的主人的命运，他们仿佛一下子忘了怎么说俄语或其他任何语言似的，皱了皱冷酷的小眼睛，不回答，转身就走。

埃莱娜在房子周围转来转去，被它说不清的荒芜和悲凉深深吸引，弗雷德·赫斯走近她，笑着捜她的头发：

"别管它了！……它散发着苍老、不幸和死亡的味道！跟我来，小姑娘……"

他指着一条结冰的路，沿着平缓的坡下降到平原：

"出发！"

芬兰雪橇通常由一名滑冰者站在后面引导，另一位则坐在椅子里，可这对埃莱娜和赫斯来说太慢了。他们两个爬到雪橇后面，将雪橇推到雪里，雪橇冲下斜坡，越滑越快，风从耳边呼啸而过，狠狠地打在脸上。

"当心，当心！"弗雷德喊道，他的欢笑声在纯净、寒冷的空气中回荡，"小心！有树！石头！我们要摔倒了！要摔死了！撑好，埃莱娜……用脚蹬地！像这样！再蹬！继续！……再快些……哦！太棒了！"

他们屏住呼吸，以快得令人头晕目眩的速度无声无息地滑行，滑过斜坡，进入平原结了冰的长长雪道，直到雪橇撞到一个树根，将他们摔到雪里。十次，一百次，他们毫不气馁，每次都重新开始，将雪橇拉到坡顶，接着沿结冰的斜坡溜下来。

埃莱娜感到年轻男子热烈的呼吸吹拂着她的脖子，被严寒冻出的眼泪在脸上流淌，她却不能擦拭——滑行中，风已经将脸上的泪水吹干。他们像孩子般情不自禁地欢呼尖叫，用脚蹬着结冰的地面。小雪橇滑下来，像一支利箭飞快地冲下山坡。

最后，弗雷德说：

"听着，它还不够快。我们需要的是一个真正的雪橇。"

"那怎么办？"埃莱娜问，"上次我们把雪橇弄坏了，车夫就再不相信我们了，把它锁了起来。不过这儿，在仓库里，我看见有一副……"

他们跑回仓库，取了一副最好的雪橇，红色衬里，边上还有一串铃铛。把它弄下来有点费劲，可是一旦滑起来，它的速度可是谁也比不上。雪打在他们脸上，飞进气喘吁吁张开的嘴里，蒙住他们的眼睛，打得脸生疼。埃莱娜什么也看不见。平原的银白在冬日的炽热鲜红的阳光下闪耀，在雪地上燃起一团猩红的火焰。然而渐渐地，它褪了颜色，变成了浅红色。

"真醉人啊！"埃莱娜心想。

他们已经数不清摔了多少跤。最后一次他们被摔进一个沟壑里，费好大劲才爬出来，脸被冰针划破了，赫斯笑得眼泪都流出来，说：

"我们会把头摔破，一定会的！还是老老实实用芬兰雪橇吧！"

"决不！在雪里飞驰，再没有比这更好玩的事了。"

"啊！真的吗，这是你最爱的？"赫斯喃喃道。他把她拉到面前，紧紧贴在他胸前。他似乎在犹豫。她站在他面前，望着他，快活的眼神里一片纯真无邪。他蓦然道：

"好吧，既然你喜欢在雪地里奔驰，爬到我肩上来吧！"

他抱住她的腰，把她放到背上，然后将她抛出两步远，落在厚厚的雪地上。她尖叫，起初出于害怕，尔后出于快活。人陷进雪里就像掉进一堆羽毛，雪顺着敞开的粗毛线衣的弧形领口流进脖子里，溜进手套，嘴里充满冰凉芬芳的果汁冰的味道。埃莱娜的心幸福地跳动着，她不安地看看天边过早出现的暮色。

"我们还不回去，是吧？还可以再待一小会儿？"她哀求着，

"天还没黑呢……"

弗雷德不无遗憾地说：

"不，该回去了。"

她站起来，甩甩头，他们于是沿原路返回。雪地里，仅存最后一束光亮，黑暗来得出奇地快，带着一种柔和的丁香色；清澈的天空中，一轮暗淡的冬日的月亮缓缓升起，直至结冰小湖的上空。他们谁也不说话。脚步声回荡在冰冻的大地上。远处，离得很远的地方，传来沉闷的炮声。他们心不在焉地听着。几个月以来，这微弱的轰响是如此频繁，以至于人们已经不去听它了……它们从哪儿传来？……谁放的炮？……炸的是谁？……恐惧到了一定程度，人的头脑就变得麻木和自私。他们肩并肩走着，疲惫而幸福。埃莱娜感到赫斯的目光紧盯着她。突然，他停下来，双手捧住她的脸，凑近他的面颊，惊叹地望着她脸上的细小斑点，被火热滚烫的血液充盈着的皮肤，他像闻玫瑰花一般地吮吸着她，略微迟疑之后，印了一个吻在她半张的唇上，轻轻的、迅速的吻，如火焰般灼热。她的第一个吻，从没有男人的嘴唇这样亲吻过她……她首先感到的，是害怕和愤怒。她嚷道：

"你这是干什么？你疯了吗？"

她拾起一团雪往那男人脸上扔去，他闪到一旁没被击中。她听见他在笑。她气急败坏地喊：

"我不许你再碰我，听见了吗？"天色已晚，她沿着结冰的路往家跑，感到嘴唇上还留着年轻贪婪的牙齿的味道，可她拒绝改变想法，拒绝承认自己很享受这份新鲜、火热的快乐。

"他亲我就像亲一个女佣。"她心想，一路不停地径直跑进母亲房里，几乎没时间敲门就直接开门进去了。

长沙发上,贝拉和马克斯静静地坐着。过去,许多人都会因她的闯入惊起……可这一次让她感到奇怪的,是某种陌生的、新的东西,是这两个人之间的温情、亲密,他们散发出的爱意,不是放荡亦不是狂热,而是更人性的,更寻常的爱情……

贝拉缓缓转过头。

"你来做什么?"

"没什么,"埃莱娜的心一紧,"没什么……我想……我……"她不说话了。

她母亲低声道:

"那么出去吧。现在天还没黑。我看弗雷德·赫斯在找你,去跟他和小朋友们玩吧……"

"你让我去找他吗?"埃莱娜问,嘴边滑过一个狡黠、凄凉的微笑,"如果你愿意,我这就去……"

"是的,去吧。"贝拉说。

四

第二天是个星期天。埃莱娜走进小客厅,来到结了冰的玻璃前哈气,想看看天空。一切都显得特别愉快、清澈、宁静,身穿白衣的孩子们在积满雪的花园里玩耍,阳光明媚,屋子里散发着热蛋糕和奶油的香味,还有刚刚洗过的木地板的味道。人们尽情享受着假日和单纯的喜悦。

埃莱娜站在旧镜子跟前,镜子在阳光下闪闪发光,反射出一个遥远、模糊、微蓝色的身影,仿佛夏日里低头在水中看见的影子。她笑了,看着身上浆过的白色细棉布裙,见弗雷德·赫斯走进来,她没转身,只在镜里对他微微一点头。

屋里只有他们俩。他将她拉到面前,动作比昨晚轻,带着一种她陌生的温存。她任由他亲吻,脸向他凑去,伸出双手,双唇,享受这朦胧的快意,任由这幸福的热浪淹没她的身体。

她觉得他比自己还小,有种永恒的青春活力,这或许就是他身上最吸引她的地方。他像个孩子般温柔、洒脱、自信、顽皮、急躁、快乐。他们在雪地里和他两个儿子一起玩耍时,她感觉他既不是为了让他们尽兴,也不是为了在他们爬上滑下无数次的山坡边上亲吻她,而是因为他和她一样,爱那纯净的空气、阳光,在柔和、松软的雪地里欢呼、跳跃胜过一切。

那以后,他们几乎所有时间都在一起度过。埃莱娜对他怀着最细致、最宽容的柔情,令他的吻更加散发狂热的激情。而她最爱的,是他赋予她的高傲。看弗雷德为了她放弃那些二十几岁、肆无忌惮地从高处看他的年轻女孩,真是太有乐趣了!有时,她故意躲开他，不到花园去见他，而来到他妻子身边坐下，垂着眼睛做针线活，见他恼火又不敢出声，心中窃笑。等她下楼去露台，他一把抓住她飘舞的头发，气呼呼地低声说：

"这么小就已经像个真正的女人那样可恶！"

他笑了，嘴角的这个小表情，脸上一闪而过的欲望，埃莱娜怎么也看不腻。他也了解自己的力量：

"等你老了，想起我，就会记起我的好，因为只要我愿意……首先，我可以让你痛不欲生，永远无法在爱情面前如此自信……还有……你以后就会明白，会对我友好的……你会说：那是个无赖，一个花花公子，可他对我很好……或者说：多么愚蠢的家伙……这取决于你有个怎样的丈夫……"

与此同时，春天临近了。黑色、潮湿、光滑的树干仿佛在悄悄焕发新生。厚厚的白雪下，传来冰封已久的水声；新落的雪遮不住车辙里干涸的泥。炮声一天比一天清晰，白军日渐南下，这支正规军后来成为新共和国的支柱。

夜晚，失去了平静和高傲的人们在房间里疯狂地将贵重物品和外币缝进腰带和衣服的衬里。一片慌乱中，没人注意到埃莱娜或弗雷德·赫斯。一旦黑夜降临，他们就待在客厅泛红的玻璃窗前，火势越来越逼近，在村子周围形成一个涌动、跳跃的火环，吹东风时，飘来一股淡淡的烟灰味。他们两人独处一室，在竹子长椅上安静而长久地接吻。黑暗中竹椅轻晃，咯吱作响……门敞开着，能听见走道里传来的脚步和说话声。煤油紧缺，油灯断断续续发出浅红的光亮。埃莱娜忘了全世界，她躺在弗雷德膝盖上，脸贴着她朋友狂乱跳动的心脏，他的眼睛大而深邃，她喜欢他面带微笑地轻轻闭上双眼。

"你妻子……当心！"她有时这么说，人却没动。

可他听不见，他久久吮吸着那微张的双唇散发的气息：

"啊！安静点吧，这里这么暗，谁也不会看见我们……再说我也不在乎！"他低声道，"我什么都不在乎……"

"可今晚，屋子里多么安静啊！"她最后推开他说。

他点了一支烟，坐到窗沿上。夜色是那么浑浊、浓重，没有一丝光亮。玻璃窗上的冰花一闪一闪，老水杉的枝桠微微裂开，摆动着发出闷响，像人的叹息。忽然，树丛中出现一簇灯火。

"那是什么？"埃莱娜心不在焉地问。

赫斯没回答。他趴到窗户上看那点点火光，因为它们现在已经越来越多了，灯火从四面八方涌出，摇摇摆摆，忽明忽暗，像跳芭蕾舞似的相互交错。他耸耸肩：

"不知道……我看见几件女人的披风，"他脸贴着玻璃说道，"可她们在那儿能找什么呢？她们在雪底下找些什么东西。"他念叨着，一个一个数着房子周围的火光，可是它们渐渐地远去了。

他走回一动不动的埃莱娜身边。她笑笑，使劲睁开眼皮：从黎明到黄昏，单人雪橇，滑雪，田野里的奔跑，还有令人筋疲力尽的接吻……所以夜幕一旦降临，她就只想着她的床，想美美地一觉睡到天亮。

他重新坐到她身边，又开始吻她，全然不顾敞开的门。她愉悦、激动地享受这静静的长吻，享受冒烟的油灯摇曳着发出的红光，这份彻底的无忧无虑和喜悦。她感到全世界都崩塌了，再没有什么比得上她口中这潮湿的双唇的味道，以及被他那强壮而柔软的手抚摸更美的事了。有时，她伸直两臂推开他。

"怎么？我让你害怕了？"他问。

她回答：

"不，有什么可怕的？"虽然像个女人那样让他亲吻，她的这份孩子气却越发激起了他的欲望。

"埃莱娜！"他低声道。

"什么？"

他喃喃自语，她的舌头仿佛有种神秘的狂热。她的苍白，她散乱的头发，颤抖的嘴唇都令他震撼，她身上充满的，是一份骄傲、原始的欢愉。

"你爱我吗？"

"不。"她笑着说。

他从她嘴里从来听不到一个温柔的字眼，一丝爱意的流露……

"他不爱我！"她心想，"他只是在寻开心，他来找我是因为我没有表现得像个热恋中的温顺小女孩，我不会使他厌烦……"

她觉得自己那么乖巧，那么成熟，那么女人……

"我不爱你，亲爱的，不过我喜欢你。"她说。

他恼火地推开她：

"小东西，走开，我讨厌你！"

哈斯太太走了进来，激动地嚷道：

"你们看见了吗？"

"没有，发生了什么事？"

她不答，将油灯举到窗户边上，火融化了玻璃上覆盖的冰：

"我确实看到女仆们离开了，一小时以前。她们朝树林的方向跑的，然后再也没有回来！"

她把脸贴到玻璃上，可是夜色太深了。她打开窗户，风将她灰白的发丝吹起：

"她们去哪儿了？什么也看不到。啊！大事不妙！白军每天都在逼近！你们想，他们要攻占村子的时候会来通知我们吗？……可有谁会听我老太婆的呢？你们看着吧，看着吧！上帝啊，但愿是我搞错了，可我能预感到不幸！"她的叫声尖利而哀怨，摇着脑袋，活脱脱一个老年卡桑德拉[①]。

埃莱娜起身，走过去将厨房的门打开；他们看见空空的屋子里生了火，还在继续烧着，可是诺大的房间里空无一人，而它平时是充满欢声笑语的。隔壁的洗衣间也空荡荡的，熨衣板上整齐地叠放着未干的床单：应该是有人来找女佣，而她们一眨眼的工夫都跑光了。

埃莱娜走到门外台阶处，喊了几声，可没人答应。

"她们把狗都带走了！"她说着回到屋内，甩了甩头发上的雪，"没听见狗叫，它们很熟悉我的声音的……"

一个女人跑来：

"白军包围了村子！"她嚷道。

门开了。每个人手里都拿着一支点亮的蜡烛，这是房间照明的唯一方式，这些摇摆不定的小火焰从一个房间飘到另一个房间，孩子们被惊醒，哭起来。

埃莱娜回到客厅，人渐渐多起来。女人们往窗前凑，低声说：

"这不可能……应该能听见才对……"

[①] Cassandre，希腊神话中的特洛伊公主，有预言的才能，但其预言往往无人相信，并常被人嘲笑。

"怎么？你们以为他们还会派人来通风报信不成！"哈斯太太冷笑道。

"哦！"赫斯在埃莱娜耳边说，"把这女人弄走，我再也不要听见她的声音，否则我就拧断这倒霉乌鸦的脖子！"

"听！"埃莱娜喊道。

寂静中，有人在拍打厨房的门。大家都不出声了。

门外出现了一名女仆，那是一个年老的俄罗斯厨娘，她儿子是红军。她面容疲惫，神色惊慌，黑色斗篷上落了一层雪，白色的头发散乱地落在前额。

她看看四周的妇女，缓缓地划了个十字，说：

"请为伽尔马、伊万、奥拉夫以及埃里克祈祷吧！他们和村里的其他男孩今天夜里被白军抓走枪毙了，尸体被胡乱丢在森林里。我们这些女人去找他们的尸体，想把他们埋了，可神父不让我们进公墓，说共产主义的狗不需要埋在基督教徒的土地上。我们要自己把他们埋在森林里。愿上帝帮助我们！"

她关上门，慢慢地走远了。埃莱娜打开窗，看她们消失在黑夜中，每个人手里都有一把铁锹和一盏灯，照亮了雪地。

"可我们呢，我们呢！"胖莱维喊道，"我们会变成什么样？"

埃莱娜身后响起一个含糊的嗡嗡声：

"我们肯定用不着怕白军，可是我们陷进战区了。最好是今晚连夜离开！"

"我早就说过！"哈斯老太太十分满意地表示赞同。

克赛尼亚·赫斯问道：

"弗雷德？要不要叫醒孩子们？"

"当然！尤其要让他们穿暖和。谁愿意跟我去牵马？"

老哈斯先生喘着气提议：

"还是等天亮吧。夜色太深了，你们可能会被流弹打中。再说，深更半夜、天寒地冻的，又拖家带口，能去哪儿呢？"

这时所有的母亲都来了，怀里抱着孩子。孩子们不哭闹，但惊恐地睁大了眼睛。赫斯建议打牌来消磨时间，于是大家像每天晚上一样摆起桥牌桌。埃莱娜看看四周，所有的孩子，无论大小，都坐在母亲身旁，每位母亲都将自己颤抖的手放在孩子歪靠的肩膀或额头上，仿佛这只柔弱的手能够阻挡子弹。

赫斯走到他妻子身边，温柔地伸手握住她的臂膀。

"别害怕，亲爱的，不该害怕，我和你在一起。"他低声说，埃莱娜感到有一只无形的钳子夹紧她的心：

"他多么爱她……我早知道他爱她，她是他妻子。"她恼火地想，"我这是怎么了？……可是，我多么孤独啊……"

她走到一旁，坐在窗沿上，懒懒地看雪花飘落，心如刀绞：

"他看她的眼神多温柔，他拉着儿子们的手，他多爱他的儿子……他现在就不惦记我了，五分钟前还那样温柔地抚摸我，吻我……啊！我真庆幸刚才没对他说：'我爱你……'可是我爱他吗？……我不知道，我很痛苦，这不公平，我不该这样痛苦的，我还太小……"

她忿恨地望着她母亲和马克斯：

"就是因为他们……我恨他，我想杀了他！"她看着马克斯，嘴里孩子气地咒骂他，她脑子里第一次出现一个念头：

"我多蠢啊！……复仇不是触手可及的事吗……我能够取悦于弗雷德·赫斯这个众多女人追逐的对象……马克斯也只不过是个男人……要是我愿意……哦！上帝，让我忘了这企图吧。可是……她该得报应……我可怜的罗斯小姐,他们让她遭了多大的罪……原谅?为什么?以什么名义?是的,我知道。主说:'申冤在我……'啊!算了,我不是圣人,我无法原谅她!等着,等着,你等着瞧吧!我会让你哭的,就像你让我哭一样!你从没教过我仁慈、宽恕!很简单:除了让我怕你,教我在饭桌上注意仪态,你没教过我任何其他的!一切都那么可恨,令我痛苦,全世界都邪恶!等着,你等着吧,老家伙!"

油灯发出最后一抹光亮,然后熄灭了,男士们骂骂咧咧地挥舞着手中点燃的香烟:

"好吧!肯定一滴油也没有了,厨房也是空的……"

"我知道蜡烛在哪儿。"埃莱娜说。

她找到了两支蜡烛,一支给玩牌的人,另一支放在钢琴上,蜡烛微微照亮了这间埃莱娜以后再也见不到的小客厅。

孩子们睡着了。时不时地,会有一个男人说:

"其实,我们最好还是安安静静地去睡觉,待在这儿太可笑了……我们在这儿干什么?……"

可是女人们惊恐地说:

"待在一起吧,大家在一起感觉好些……"

第一声枪响时已近午夜。他们面色苍白地丢下纸牌:

"这一下……"

母亲们将孩子抱紧,紧紧贴在裙子的褶皱里。枪声时近时远。

"把蜡烛灭了!"有人紧张地喊道。

他们赶忙冲向蜡烛,将它们吹灭。黑暗中,埃莱娜听见急促、不安的呼吸和叹息声:

"上帝，我的上帝，我的主啊……"

埃莱娜偷偷笑了。她喜欢子弹的声响，一种狂野的激动让她兴奋得浑身颤抖。

"瞧他们多害怕，所有人都那么可怜！我么，我不怕！我不会为任何人发抖！我开心，高兴。"她想，战争、危险、冒险对她来说是一种可怕而令人激动的游戏。她忽然感到一种从未体验过的活力，一种嘲弄人的喜悦。出于先见之明，她迫不及待地感受它，仿佛她那时就预见到将来每一个她爱的人、爱的孩子都会从她身上窃取一点这股力量、这份坚定、这冷漠的勇气，让她变得像其他人、其他乌合之众一样，在黑暗中急切地和自己的同类挤作一团。他们都不出声。每个母亲都用裙子裹住孩子，怕他们被夜晚的寒气冻着，尽管确信没有哪个孩子能活到天亮。黑暗中，装满金子的腰带叮当作响，一个孩子在低声啜泣，老哈斯的披肩滑落到地上，他年迈的妻子以为紧张的心情和寒冷的夜晚会叫心脏病人送了命，伤心得眼泪汪汪，话语中带着气恼和爱意：

"上帝啊！你真是麻烦，我可怜的丈夫……"

马克斯和弗雷德·赫斯到村里去找马。夜色更浓了，他们还没回来。赫斯太太问道：

"谁有酒？等他们回来得给他们喝点。晚上太冷了。"

她的声音柔和、平静，仿佛他们是到平原里安静地散步去了。埃莱娜耸耸肩。

"可怜的女人！"她心想，"难道她不明白他们可能永远也回不来了么？"

哈斯夫人腰间的钥匙叮当作响，她去房间取来一壶酒。赫斯太太谢过她，双手接过酒壶。有人点着打火机，埃莱娜这时才看到那年轻女子脸色铁青。

"她太爱他了,所以才不死心!"她想,同时一阵迟来的内疚涌上心头。当一个人爱得如此深情,是不愿意想到死亡的。她相信爱情能保佑他。即便他再也回不来,迷失在雪地里或者被一颗流弹击中,她也会等他……忠诚地等他……她可能什么也没看见吗?哦!或者相反,她很久以来就明白了一切,她应该已经习惯了……她不吱声。她做得对。他对她很好,她的弗雷德……

她见她母亲哆嗦着,在黑夜里焦急地寻找一丝光亮,哈斯夫人恶毒地轻声说:

"你为什么着急呢,亲爱的夫人?你的女儿就在你身边……"

埃莱娜觉得聚集在这里的每一个人都不情愿地敞开心扉。她坐在窗沿上摇晃着双腿,模糊中人们在黑暗里紧紧偎依,她听见沉重、低沉的枪声响个不停……片刻之后,他们全都离开房间,跑到楼梯的台阶上去了,因为担心子弹从窗户飞进来。只有埃莱娜和那个患肺病的女孩还待在那儿,女孩悄无声响地走进来,滑坐到钢琴前的矮凳上,摸索着开始弹奏,其余的一切都抛诸脑后。埃莱娜支起一扇百叶窗,月光立即倾泻在键盘上,照着演奏者瘦削的双手,她在弹奏一支热烈、调皮的曲子。

"莫扎特!"女孩说。

然后她们都不说话了。她们从不曾交谈过,将来也再不会见面……埃莱娜将脸埋在手里,听着温柔、细腻、欢快的乐曲,开朗轻快的曲调,面对黑暗和死亡轻蔑地一笑,为自己而感到骄傲,她高兴得甚至有点头晕,埃莱娜·卡罗尔,"比所有人更强,更自由……"

清晨,有人来喊她:马来了。

"也许没有足够的位子给每个人!"赫斯说,"妇女和孩子先上。"

可每个人都说:

"不,大家一起走。"

贝拉握着马克斯的手:

"一起走……"

她才想起埃莱娜的存在,急忙问道:

"你拿上大衣了吗?……斗篷呢?你没带斗篷?这么大了,还要我事事为你操心。"

埃莱娜溜到赫斯身边:

"你们去哪儿?我们不能一块儿走吗?"

"不。我们在森林边上必须分开以免引人注意,各自和家人一起走。"

"我明白。"她喃喃道。

马车等在外边,在门口排成行,就像他们去红军那儿跳舞时的样子,红军们现在都死了,长眠于地下。

地平线被远方的火焰照亮,落满雪的水杉在清晨的灰色天空下仿佛成了粉红色。

"再见!"弗雷德说。他悄悄亲吻埃莱娜冰凉的面颊,轻声重复着:

"再见,可怜的小姑娘……"

此后他们就分开了。

五

经过令人精疲力竭的长途跋涉,卡罗尔一家终于在赫尔辛基落脚,它是一座洁白、明媚、宁静的小城市,丁香花丛遍布街道。这季节天空不会变暗,一直到早晨都留有一丝乳白色的光线,五月黄昏的朦胧天色。

埃莱娜被送去寄宿,住在一位芬兰教士的遗孀家里,弗吕·玛尔丹,她负责道德培养和照料孩子,是一位令人赞赏的女士。她身形矮小灵活,金发,皮肤干燥,因为从前被冻过,酒红色的鼻子中间至今还有紫色的裂纹。她教埃莱娜德文,给她高声朗读《母亲的烦恼》[1]。她读的时候,埃莱娜见那老人黄色的脖子上有一小块凸起的尖骨头,像亚当的苹果。她一个字也没听进去,只顾自己走神。

她并不难过,可闷得要命。不是因为弗雷德·赫斯而伤心,恰恰相反,她已经忘了他,忘得出奇地快……她需要的是自由、空间、冒险。那种极端的生活方式,一旦经历过,就再也无法从她记忆中抹去。

晚上,小玛尔丹们齐声唱起:"啊,圣诞树,啊,圣诞树,你的枝叶是这样的翠绿![2]"她愉快地听着他们洪亮、柔和的歌声,心想:

"炮弹声……危险,算什么!……活着!……活着!……或

---

[1] 《母亲的烦恼》(Mutter Sorge)是奥地利作家鲁道夫·哈尔(Rudolf Hawel,1860—1923)的戏剧作品。
[2] 原文为德语。

者,和其他孩子一样!……不,现在太迟了……我十六岁了,心灵已经中毒……"

秋日的月亮冷冷地将光洒进摆满绿色植物的小厅,她走到窗户边,望着海面在夜色中反射出月光,想道:

"我要报仇……我会不会还来不及找他们报仇就死了呢?"

自从有了这个念头,她不断地在脑海里酝酿:

"抢走她的马克斯!让他们俩也尝尝我遭受过的痛苦!……我没要他们生我出来!……哦!我情愿自己没有生在这个世上……他们从没关心过我,这毫无疑问……他们把我扔到世上,让我自生自灭!……这可不够!这是犯罪,将孩子带到世上来,却不给他们一丝一毫的爱!"

"报仇!……啊!我不能放弃!……别因此责怪我,上帝!……我宁愿死也不愿放弃报仇!……抢她的情人!……我,小埃莱娜!……"

只有星期天埃莱娜才能见到她母亲和马克斯。他们两人一起来,待一小会儿,马上又走了。马克斯有时会留几个马克在桌上。

"你拿去买糖吧……"

他走后,她把钱给了用人,恨得浑身颤抖,久久不能平息。

与此同时,她注意到她母亲和马克斯之间有了变化——还只是很微妙的变化,难以捉摸。但他们的言谈与以往不同,还有沉默。他们一向吵吵闹闹,但现在争吵的口气更生硬,充满不耐烦和愤怒。

"他们像对夫妇了!"埃莱娜心想。

她久久地冷眼观察她母亲的脸,想看多久就看多久。母亲那双冷酷的眼睛从不会看上她一眼,贝拉好像整颗心都在马克斯身上，热切地观察他脸上的每一个表情，而他却转过身，仿佛受不了她关注的眼神。

贝拉的脸开始衰老，肌肉松弛了。埃莱娜看见在脂粉和面霜底下，她的眼角、唇边、鬓角出现了脂粉盖不住的细而深的皱纹。化了妆的皮肤表面开裂，失去光滑细腻的光彩，变得干燥、粗糙、生涩，脖子上露出四十岁特有的三层皱纹。

有一天，他们比平时更长、更凶地吵了一架后回来了。埃莱娜立即猜了出来，因为母亲表情痛苦，一脸恼火的样子，紧闭的嘴不停哆嗦。贝拉脱下毛皮外套使劲往床上一扔：

"这儿真热！……你学得好吗，埃莱娜？……你去年可什么也没干！……你的发型真糟糕！……头发这样扎到后面，让你看起来老了五岁！……我还不想嫁女儿。哦！马克斯，别像个笼子里的野兽似的转过头去！……让人给我们拿些茶来，埃莱娜……"

"现在吗？"

"嗯，现在几点？"

"七点。我以为你们会早点来。"

"等你母亲一个小时不为过吧……啊！忘恩负义的孩子们，全世界都忘恩负义……没有一个人爱你，可怜你！……没人……"

"你有这么多抱怨吗？"埃莱娜轻声问道。

"我渴死了。"贝拉说。她拿过一杯水，一饮而尽。她眼里满是泪水。放下杯子时，埃莱娜见她偷偷理了理睫毛，忧虑地在镜子里看自己的脸——泪水和脂粉糊作一团。马克斯紧闭的嘴唇里痛苦地吐出一句：

"真让人受不了！……"

"啊！是吗，你心里就是这样想的？……我整夜等你，而你却跟朋友们和那些女人在一块……"

"什么女人？"他厌恶地道，"你想将我关在高塔里，只看你、只听你、只闻见你的气息吗！"

"过去……"

"是，正是，过去了！……你怎么不明白呢？……人只年轻一次，只能疯狂一次。可以什么都抛诸脑后，家庭、过往、前程，一次，只有一次！……在二十四岁的时候！……可生活在继续，人会变的，变老，变得安分……而你！你呢！……你霸道、自私、苛刻……你让别人受不了，也让自己受不了……这些天来我很痛苦，你是看到的，我伤心、疲惫、生气……你丝毫不同情我……何况我只求你一件事！让我一个人待着！……别像牵狗似的把我牵在身后！……让我喘口气……"

"你这到底是怎么了？……你明白吗，埃莱娜？……他没收到他亲爱的母亲的信。可这是我的错吗？……我问你，是我的错吗？……"

马克斯用力拿拳头捶着桌子：

"和这小女孩有关系吗？……哦！够了，我受够了这些眼泪！……我发誓，贝拉，要是你再哭，我就走，你这辈子再也不会看见我！……反正你过去对自己和对别人心肠都一样硬！……过去这对我也曾是一种诱惑，"他低声说，"在心里，我称你为美狄亚①……可现在……"

---

① Médée，古希腊神话中命运悲惨的魔女，因遭受背叛而残忍杀害了自己的孩子。

"对，"埃莱娜在阴影里静静地想，"你老了……每过去一天，你的魅力就减少一分，而我则增加一分。我，我年轻，才十六岁，我要把他抢走，你的男朋友，不用太长时间，也不用太花心思，哈！也不会太困难，等把你折磨够了，我再甩了他，因为，对我来说，他永远是那个我从小就厌恶的马克斯，我可怜的死者的敌人！……哦！我的复仇将会多么精彩。可是还得再等等！……"

她隐约记起童年的夜晚，她从公园回来，口渴难耐地走在椴树下，闻着椴花的香味，梦想家里有一碗冷牛奶等着她，盛在蓝色的碗里，她是如何压抑口渴的感觉，半闭上眼睛，想象着冰牛奶甘甜、凉爽、流畅的滋味，回到房间，为了让解渴的感觉来得更畅快，她仍然压抑着自己，将碗久久地捧在手里，脸凑上去，用牛奶润一润嘴唇，最后才一饮而尽。

突然，电话响了。埃莱娜摘下听筒，对方要找马克斯。她说：

"找你的，马克斯。有君士坦丁堡的消息，是从你的酒店打来的。"

马克斯一把夺过听筒。她见他脸都变形了，他听了一阵子，什么也没说，然后挂了电话，转身对贝拉说：

"好了！"他的声音低沉，"你现在高兴了！……你完全拥有我了！……除了你我什么都没有，什么都没有了！……我母亲死了……孤零零地……就像她预见到的那样！……哦！我会遭报应的，可怕的报应！……就是这个让我喘不过气来！……她死在医院里，在君士坦丁堡，由陌生人通知我她的死讯……她独自一个人……我的姐妹们呢？……经过这场迁徙，她们变成什么样了，没有我在身边保护她们，帮助她们，我和你在一起，和你的家人在一起！……啊！我永远不会原谅你！"

"你疯了！"贝拉的脸抽搐着，脂粉都糊了，哭着对他喊，"是我的错吗？……别这么残忍……别拒绝我！……你因为自己的错误而惩罚我！这公平吗？……是，我是想留住你，阻止你！……可哪个女人会不这么做呢？……这能怪我吗？……"

"一切都是你的错！"他嚷着用力推开她。

她拉住他的衣服。他怨恨地说：

"哦！够了，够了，我们不是在演戏！……放开我！……"

他打开门，她仍在喊：

"别离开我！……你没有权利离开我！……对不起，马克斯，对不起！……啊！我比你想象的要强！……你不知道我对你有多大的影响力！你离不开我……"

埃莱娜听见空荡荡的街上传来关门声，气得声音发抖：

"闭嘴吧，求你了。这儿不是在我们家。"

贝拉发狂拧自己的手：

"你就和我说这个？……你看着我绝望！……没有一句同情的话，没有一丝爱抚……你难道没看到他如何对待我吗！……他母亲死于乳癌！……难道是我的错？……"

"这不关我的事！"埃莱娜说。

"你十六岁了，应该懂事了。你应该很清楚。"

"我不想去了解……"

"可怜的小自私鬼，铁石心肠……你是我女儿呀！……没有一句贴心的话……连一个吻都没有！……"

弗吕·玛尔丹开门进来：

"晚餐准备好了!……上桌,小埃兰!……"

埃莱娜将额头伸到母亲嘴边,母亲别过头,于是她跟弗吕·玛尔丹去了。玛尔丹在喝热汤之前已经为上帝赐予她们的食物祈祷过。埃莱娜的心愤怒地跳动着:

"啊!这未免太便宜他们了!"她心想。

第四部分

一

革命的风暴吹得人们四处流散,也在一九一九年七月将卡罗尔一家刮到了法国。

鲍里斯·卡罗尔几个月前穿过芬兰,在兑换时损失了五百万瑞士克朗,后来赚回两百万,就动身来巴黎,他妻子、女儿和马克斯在那里跟他会合。

和平条约签订的第二天,船靠近英国海岸。夜色清冷,浓雾弥漫,像秋天,繁星点点,时明时暗。陆地上灯火通明,一连串的油灯将沿海城市串在一起,油灯微颤着发出黄色的光,在海上的湿雾中静静散发一圈光晕。不时有焰火升上天空,有些炸开了,有些却只在身后流下铜色的浓烟。风往船上吹来一阵阵军乐声,可这些英勇的乐队却无法驱散今夜凝重的悲伤。停战的狂热已过去了许久,只能努力而笨拙地追寻欢乐。一个英国领航员走上甲板,他喝醉了,走路跌跌撞撞,用带有伦敦口音的浑厚而轻柔的声音反复唱道:

"女士们,今晚陆地上每一位男子都结婚了……"

为了躲避他,埃莱娜跑到她最喜欢的位置把自己藏起来,在船的前部,船长的牛头犬在轻轻啃着缆绳。黑夜中,她久久凝望法国的海水在她面前静静地流淌,她温柔地望着它们。如果重返的是俄国,她的心决不会跳动得像现在这样喜悦……岸上的灯光和海面上的焰火仿佛是在庆祝她的归来。随着船的靠近,她几乎能闻出风的味道。她闭上双眼。五年没有见到这片温柔的土地了，全世界最美的土地……这段短暂的时光对她而言竟是如此漫长：她经历了那么多……从孩子长成了少女……人世变幻，无数的人死去，可这些，她都忘了，或者说，她身上有种孤僻的自私在滋长。少年的铁石心肠让她忘却了忧伤的过去，她陶醉于自己的力量、青春和能力。渐渐地，一股强烈的兴奋感包围了她，她跳上缆绳堆，想更好地感受风的气息。大海在船上灯火的照耀下微微闪着光。她轻轻张开嘴唇，好像要亲吻海风。她感到全身因为快乐而轻飘飘地飞起来，似乎前面有股比她更强大的力量牵引着她。

"是青春，"她微笑着想，"啊！世上再没有比这更好的了……"

她看见马克斯来了，她认得他的步伐和他小烟嘴上的火光。

"是你在那儿吗？"他懒洋洋地问。

他走过来，手肘撑在栏杆上，静静地望着大海。一盏点亮的吊灯照亮了他的脸。他的变化多大呀！……他属于那种年轻时显得特别清秀、特别英俊的人。他还不到三十岁，可光滑的脸已经臃肿了，嘴角下坠，有了皱纹，变丑了。他不再有光亮的睫毛，漂亮的嘴角上轻蔑的皱褶也不见了，现在他嘴角下陷，表情显得慵懒、严厉，嘴里镶着金牙。

他轻轻召唤牛头犬：

"咳，斯维亚，把你的位置让给我……你过去一点，埃莱娜……"

他跳到她边上坐下，将牛头犬放在膝盖上。埃莱娜低声说：

"右边这些灯火，应该就是勒阿弗尔了……多亮啊……像一幅画……是的，是法国，法国！"

"你很开心吧？"他叹气说。

"是啊。我怎么能不开心呢？我爱这国家，这些灯光在我看来是好兆头……"

"自负的青春……灯火、音乐、欢呼，这一切与和平条约的签订比起来都那么微不足道，可对你来说……真可笑，小姑娘……"

"喂，来吧，"她说着拉起他的手，"你要是我也会高兴的……看看你……烦恼、忧愁……为什么呢？我嘛，我开心，我觉得自己轻松、快乐……因为我十七岁，亲爱的朋友，这是一个快活的年纪！"

她轻轻将他的手臂放到唇边，伸出舌尖舔了舔那光滑、黝黑的皮肤，经过十天的海上旅行，皮肤都变咸了。马克斯好奇地低头看她：

"想听听我的看法吗？"他想了一会儿后说，"我希望这不会冒犯你！……你既没有长大，也没有变老，反而变年轻了。十五岁时，你已经是个小老太婆了……现在，你总算回到你这个年龄该有的样子……"

"是吗，你是这么看的？"她喃喃道。

他歪过头：

"我能看穿一切，小姑娘，我什么都明白。要是有什么我不明白的，那是我不想知道罢了……"

"啊，真的？"她嘴上说，心里却想：

"好吧，可以开始了……看谁更厉害……"

这阴险而残酷的念头使她兴奋得直颤，但她又不无忧郁地想：

"说到底，我也不比他们好……"

她回忆起当年那个不幸、心中却充满爱的小女孩。她温柔地凝视心底的这个影像，对它说：

"耐心点，你会看到的……"

他们航行在两片灯海中，从一边到另一边，从法国到英国，军乐、焰火此起彼伏，船的前方缓缓漂过那些张灯结彩的港口，在海上橙黄色的雾气中闪闪放光。

埃莱娜孩子气地捏着自己颤抖的双手：

"我小时候曾经来过这儿。这是世界上唯一让我感到幸福的地方。"她低声说，等着对方发出冷冷的干笑，那是她熟悉的。

他起先没有回答，但当他开口时，声音却变了，语气柔和而迟疑：

"我知道你童年过得并不幸福……你知道，埃莱娜，人有时会无心做错事……人没法子照自己的意志安排生活……以你现在的年纪……"

他停了停。

"我怀疑你是否明白激情这个词的含义……"

他抽了一会儿烟，静静地仰望星空。

"星星不大亮……被地面的灯光遮盖了……我刚才说什么来着？……对，激情……瞧，你父亲，比方说……他对赌博就有激情，一种可怕的、无法遏制的盲目……可怜的埃莱娜，你属于感情用事的人，全心投入，难以自拔，抛弃一切责任和一切道德……他们就是这样，改变不了。我呢，我和他们不一样……只是，有些牵绊割舍不下，束缚着你，让你透不过气……我不会伤害别人，可至少我会反思，我无法抛开一切……我理解不了这种贪婪和这份残忍……我曾经以为自己理解他们……"

他转身，不好意思地将手放到眼睛上，应该是抹了抹眼泪。

"我不知道我这是怎么了，"他最后说，"自从我母亲去世后，埃莱娜，我忧伤极了……哦！你无法想象我的悲伤……我那么爱我母亲……在别人看来，她显得冷漠无情……可对我，她是那样疼爱……当我靠近她身边，我能看到她脸上的变化，她的脸变明亮了，不是因为微笑，而是有一种内在的光辉，只为我闪现……"

她诧异地听着他说话，因为在她眼中，孩子对母亲的爱是最奇特、最难以理解的。可她随后又想，他是在哀愁中求解脱，从对贝拉的怨气、专横和泛滥的爱中解脱出来。

而他还在懊恼地回忆他母亲曾在争吵中抛出的一句话，那是很久以前的事了："……总有一天你要娶埃莱娜……结局总是这样的……"他当时一笑了之……他现在还在笑……可是当说话的人不在了，有些话就有了全新的价值，带有预言性，令人害怕……他推开这回忆。埃莱娜轻声说：

"要是你愿意……我们可以成为……好伙伴……"

他叹气：

"我很愿意。我没有伙伴，一个朋友也没有。"

他握着她的手。

"你知道，我们其实早就可以成为朋友，如果你愿意……可是过去你太叫人受不了了……"

"瞧啊，"她笑道，"别累着自己了……今夜，我们也签订了属于我们的和平条约……"

她跳到地板上。

"我要去睡了……"

"你母亲在哪儿?"

"睡了。她受不了船的摇晃……"

"啊!"他出神地喃喃道,"晚安……"

从诺尔彻平到勒阿弗尔的货轮上装载了剧院的演出道具,可笑的行李……海上风浪太大,船无法在勒阿弗尔靠岸,便沿着塞纳河的支流一直驶到鲁昂。清早,只见田里遍布瓜果。埃莱娜一动不动,目瞪口呆地望着这片平静的土地。苹果树……这和看到椰子树、吉贝、面包果树一样不可思议……鲁昂到了,同一天晚上,在巴黎……

卡罗尔在巴黎等他们,他更瘦了,衣服从耸起的肩膀上狼狈地垂下来;又干又瘦的脸上,骨骼的形状清晰得让人能看见他下颚的运动。他的眼睛周围有深褐色的黑眼圈,举手投足都很紧张和局促,似乎内心有火正在吞噬他。

他匆匆吻了女儿,拍了拍马克斯的肩膀,旋即转身热切地抓着贝拉的手臂,紧紧拥抱她。

"啊!亲爱的,我亲爱的妻子……"

不过紧接着就是一连串数字和难以理解的句子从埃莱娜头顶掠过。

巴黎显得忧郁而冷清,只有稀疏的灯火和星光,埃莱娜一条一条地回忆那些街道。

他们穿过旺多姆广场,广场上一片黑暗,空荡荡的。贝拉撇撇嘴说:

"这就是巴黎?……上帝,它的变化多大呀!……"

"我们每到一处都在集聚财富,"卡罗尔低声道,"我们踩在金钱上前进。"

二

秋天的时候，卡罗尔动身去纽约，给妻子留下一辆新汽车，车轮、车辆和车灯闪着金光。

有时，大清早的，女佣来叫醒埃莱娜，一个小时候后出发。去哪儿？没人知道。一个上午过去了。汽车等着，用人将贝拉的行李箱、装帽子的纸盒、盥洗用品提下楼。接着女佣拎着首饰匣和化妆箱穿过大厅，钻进汽车后面等。马克斯和贝拉在争吵，埃莱娜在房间里听见他们的声音，开始还算冷静，后来不知不觉就提高了声调，变得激烈、愤怒。

"再也不了，我发誓！……"

"那就别生是非……"

"是非！你毒害了身边的所有人……"

"过去……"

"过去，是我疯了……一个人失去了理智，难道就该将他永远地关在牢里？"

"好啊，走吧，谁拦着你了？"

"啊！要是你再说一遍……"

"怎么样？我偏说，走吧，滚，忘恩负义的人，可怜的家伙……不，不，马克斯，我亲爱的，对不起，对不起……别这样看着我……"

时至正午，该吃饭了。午餐在愁闷的气氛中无声地进行，贝拉的眼睛哭肿了，呆呆地看着大街。马克斯双手颤抖，翻着一本米其林导游手册，翻得书页都破了。女佣带着首饰匣和化妆箱回房间。汽车还在等,司机趴在方向盘上睡着了。一队仆人将行李又搬回来。埃莱娜去敲她母亲的房门。

"我们今天还走吗,妈妈?"

"不知道。让我安静会儿!再说,去哪里?很晚了。埃莱娜,埃莱娜,你在哪儿?不,我们要走,马上就走,一个小时以后。走开!让我安静,看在老天分上!你们都别来烦我!你们想要我的命吗!……"

她在哭。汽车一直等着,贝拉打开化妆箱,重新粉饰花掉的妆容。司机问:

"小姐不知道我们去哪儿吗?"

埃莱娜不知道,她在等。母亲和马克斯总算下来了,脸色铁青,仍然气得发抖。这时,天色已晚。洒过水的街道上一股淡淡的烟雾升上清澈、泛红的天空。他们出发了,随便选了巴黎的一个城门出去。谁都不说话。贝拉眼含泪水,她不去擦,为了保持妆容的完好,但她烦躁地敲打手指,无限惋惜、深情地怀念当年的自己。这世上有谁,还记得这样一个年轻女子,穿着一九〇五年时髦的套裙,一顶插着玫瑰的大草帽戴在乌黑的发髻上,面纱在面前形成一个带网眼的笼子,在某个秋日的傍晚走在巴黎的大街上?可能只有卡罗尔……她那时还很稚嫩,显得很笨拙,擦廉价的香水,香粉也是便宜货,抹得太厚了,不均匀,可她的皮肤那么白皙、光滑!……一切在她眼里都是那么美好!……为什么她要结婚呢?为什么人总要到这么晚才看清自己想要什么生活?为什么她拒绝了那个她从小就认识的阿根廷人?他也许会抛弃她,但还会有其他人来……她并不虚伪。"他们想要我怎么样呢,所有这些男人?"她想,"我无法改变我的身体,熄灭我血液里燃烧的火焰。难道我生来是为了当一个好妻子、好母亲的吗？……马克斯爱过我，正因为我和他身边那些沉闷的资产阶级太太不一样，可现在，他因为我没有改变而拒绝原谅我……这是我的错吗？……"

她回忆起当年的巴黎，也是这样的小雨，昏黄的灯光，她来到巴黎的那个夜晚，那是十五年前。每所房子都亮着灯……一个男人跟在她后面……这一切都显得那么遥远……他提出要带她走……啊！她曾经多么热切地想不再回俄罗斯，不再见她丈夫和女儿，跟他走，不是因为她爱他，只是因为他象征着一种自由和幸福的生活……幸福？……为什么不呢？……只是，她当时太年轻，她不敢……她害怕冒险，害怕穷困……她上衣胸前的丝绸小袋里还放着鲍里斯和埃莱娜的相片，跟她的护照和返程旅费放在一起。愚蠢、懦弱的年轻时代……独一无二、无可取代的年轻时代！她觉得马克斯偷走了她的青春。为了他，她漫不经心地任时光流逝，丝毫没想要抓紧这宝贵的时间，享受一点一滴的幸福。而现在，他不再爱她……

她向他转过身，透过泪水望着他。他们已经出了巴黎，进入乡村。暮色降临，能闻到牧场散发出青草的气味，黑漆漆的农场散发的牛奶味。他们穿过沉睡的村庄，车灯下出现一面白色的墙，光彩夺目的挂钟，教堂的门廊上有白色的天使石雕，面带神秘的微笑，合拢了翅膀。一只淡黄色的狗从阴影中冒出来，或是只猫，眼睛在车灯的照射下闪闪放光，两扇百叶窗中间出现一位身着白色上衣的老年女子。司机困得要命，嘴里嘟嘟囔囔的，烦躁地踩得刹车嘎吱作响，可他们像疯子一样，继续向诺曼底或普罗旺斯进发，贝拉反复念叨着：

"该去别的地方……我不喜欢这条路……我不喜欢汽车……这一切都让我心烦,一切都令人恼火,凄凉,叫人讨厌……"

她的眼睛满含爱意,忧伤和焦虑地凝望身边那张一动不动的冷漠的脸。

午夜时分,他们停下来在一间空空的小客栈吃晚饭。

进餐时,埃莱娜怀着阴险的喜悦,等待争吵的爆发,它们看不见也摸不着,可始终存在,像灰烬下潜伏的火焰。

"只有失去理智的人才会做这样的旅行!"

"那你待在巴黎好了!"

"我发誓这是我最后一次陪你出门!"

"你真让我烦!"

"你是个自私的人……你只顾自己……别人就算饿死,你也不在乎!"

"请你别在我女儿面前表现得如此粗鲁!"

"不是我粗鲁,而是你,你疯了!"

埃莱娜微笑着看着他们。她刻意回想起过去,近在咫尺的往日,她就这样夹在他们中间,战战兢兢地观察他们的一举一动,每一句话都让她心惊肉跳,因为母亲的怒火最后总是落到微不足道的她的头上或罗斯小姐身上……现在,世界上再没有任何东西能让她痛苦……

她大口吃着肥肉煎鸡蛋和冷肉,喝着美酒,听着耳边的争吵,暗自欢喜,争吵失去了邪恶的力量,像剧院里雷鸣般的掌声,不再让孩子害怕。他们用最简单的话语你来我往,像用棒子在交火。他们反复用相同的词语,寻找藏在其中的新鲜含义,翻起一年前或五年前的旧账,毫不吝惜地动用最能扭曲对方的言语。

"这就是曾经相爱的人们。"埃莱娜不屑地想。

可是她太年轻,还无法领会尚存于马克斯和他年长的情人之间那痛苦、垂死的爱情。

她想:

"就这样结束了?这么快……他曾经那么爱她……应该是在芬兰,我迷恋弗雷德的时候开始的,我当时什么也没发觉……"

她满心嘲讽地怜悯着,望着他们,只见贝拉推开盘子抽泣起来,眼泪弄花了脂粉,若在过去,她的泪水会落在马克斯心里,深深地刺痛他。现在呢,他忧郁、懊恼地看看四周,嘴里痛苦地迸出一句:

"够了!你让我变得可笑!"

然后他猛地推开椅子。

"啊!我算是受够了!……走吧,要是你愿意!……走,埃莱娜!……"

贝拉哭着在半满的盘子前补粉,苦涩地数着泪水下每一条新出现的皱纹,马克斯和埃莱娜站在门外的月光里等她。

"哦!埃莱娜,"他嗓音嘶哑疲惫地说,"我的小埃莱娜,我好苦闷……"

"真是夸张……"

"瞧,"他生气地道,"你多好啊,你!……不会痛苦……"

"是的,的确如此,我现在不再痛苦了……"

贝拉来了,于是他们重新出发,整晚都在路上,沉默不语。

第二天,他们抵达一家当时在法国方兴未艾的"乡村旅馆",那里的女侍者穿着诺曼底风格的服装,头戴花边头巾,身穿粉红塔夫绸围裙，用缺口的百花彩釉陶瓷托盘端着农家小酒壶装的精美葡萄酒，脚穿细高跟鞋，踉踉跄跄地在草地上跑来跑去。随意折起来的账单上，一顿三人午餐的价格约为五百到六百法郎。是通货膨胀，昙花一现的奢华……珍珠项链如蛇一般地盘在荨麻中，年轻情夫在草地上打滚，打了折扣的"亲爱的"有着毛茸茸的胸脯，湿润、通红的手腕，像屠夫。

待夜色来临，情侣们消失不见了，在昏暗的花园里，汽油和面粉的味道开始消散；人们吮吸着诺曼底树林散发出的清冷、湿润、苦涩、清新的芬芳。马克斯和埃莱娜在轻声交谈，贝拉则在夜色掩饰下尝试一种新的面部体操，连续做十二至十五下，她缓缓放下下颚，接着用力咬紧牙齿紧闭嘴唇，直到两颊的皮肤紧绷得几乎要断裂，她才慢慢地将脖子后仰，抬头，慢慢地呼气，根本没在意身边马克斯和她女儿的谈话。埃莱娜还是个孩子……

"不到十八岁，还是个孩子呢，他连正眼也不瞧她……不过他缺少的是对家的想象。至少，他认同家庭。小姑娘能让他放松……"她想。

马克斯和埃莱娜在谈论第聂伯河畔的小城，他们在那儿度过了童年。记忆赋予童年一层迷人的伤感，他们愉快地回忆起秋天清澈寒冷的空气、沉睡的街道、咕咕咕叫的野鸽子、老沙皇公园、河中央的绿色小岛、修道院的金色吊钟……

埃莱娜说：

"我还记得你母亲……四轮马车，还有那些马……它们多肥呀！……我纳闷它们怎么能跑得动……你们当时住哪儿？"

"哦！一座很老很老的房子，十分有趣，木地板到处一踩就弯，它们实在太旧了……我至今还记得脚踩在木板上发出的声音……多想重新找回这一切啊……"

"资产阶级，小资产阶级，"贝拉鄙视地说，"我嘛，我在这儿很快活……"

她轻轻伸出手，拿起他的手，极其温柔地握住，喃喃道：

"和你在一起……"

他推开椅子，不愉快地指着埃莱娜做了一个含糊的手势。埃莱娜苦笑道：

"有点迟了，我的漂亮朋友……"

三

秋天，卡罗尔一家不住酒店了，搬进蓬普大街上一幢带家具的出租房。房子从前的主人是一位嫁了意大利公爵的美国夫人，所有丝绒椅上都印着盾形图章，所有的椅背上都有一个金色的木质王冠。鲍里斯·卡罗尔有时会漫不经心地抓下王冠上的珍珠，在手中把玩。他从美国回来后，偶尔会举行象征性的家庭聚会，埃莱娜、她的父母还有马克斯齐聚一堂。卡罗尔仰脸靠在绣了不知名兵器图案的靠垫上，微笑地看着妻子和女儿。浮生偷得半日闲，他难得有机会品味这份宁静与平和，他很愉快，就像在葡萄酒和辣味菜塞满肠胃之后喝着蛋黄甜奶。埃莱娜认得他沧桑的脸上的这种表情，在心里默默念道："上帝保佑世上的好心人吧！"贝拉显得比较沉稳、平静，体内不断燃烧的火苗此时似乎黯淡下来。马克斯抽着烟，埃莱娜在看书，灯光照在她头发上。也许是为了让丈夫高兴，或是母爱在贝拉身上一息尚存，她用微弱而慵懒的嗓音低声说：

"埃莱娜开始发育了……"

她没看到马克斯的目光当时狠狠地盯着埃莱娜低下的头。她越是温柔，埃莱娜的心里越恨她，比孩提时恨得还要强烈。

"当时，她哪怕能对我好一点，"她想，"……现在，太迟了……我再也不会原谅她。如果她现在对我使坏，对眼前的我，我还能原谅她……是的，我想我会原谅她……可是人们无法原谅被伤害的童年。"

她不时抬起眼睛，茫然地在镜子深处寻找她小时候的褐色圆脸、大嘴巴、黑色的发卷,可是她看到的只是一个少女,正如贝拉所说,一个刚开始发育的少女,失去了自豪、纯真的神态,面部在颧骨处凹陷,确切地说,那就是今后第一道皱纹出现的地方……

家庭的晚间聚会,在这陌生的巴黎市中心显得热烈而又冷漠,这屋里的一切都不属于他们,再说,从来也没有什么属于过他们,成堆购买的书、摆设、画像落满灰尘,吊灯的灯泡烧坏了一半也忘了换,发出几丝微弱的昏黄的光……没人料理的玫瑰枯死在花瓶里,从来没掀开盖的钢琴被推到一个角落里,两边是每米价值一千法郎的窗帘,花边扯碎了,被烟头烧了许多洞。地毯布满烟灰,用人敷衍地将咖啡摆在书房角落里就消失了,脸上带着刻薄的笑,仿佛在讥讽"这些怪异的外国人"。埃莱娜通常会努力让家里变得整齐、和谐一点,但在这里她甚至连这个念头都没有。她从前太习惯四处迁徙了,每到一处就把家具、摆设看作是她自己的,从墙纸到堆满房间的书本,一切都让她产生敌意和疑惑:

"有什么用? ……等我对它们有了依恋,肯定又会发生点什么事,然后又得离开……"

卡罗尔玩轮盘赌赢了钱,就开心得像个顽皮的孩子,回忆起他无拘无束、贫苦的童年,埃莱娜听着,仿佛骨子里认得这些描述。她闭上眼睛,仿佛真的在那些黑暗的街道生活过,在烂泥或尘土中玩耍,睡在他父亲所说的廉价小店的屋檐下,冬天,人们在窗前点燃一支蜡烛融化冰花。

贝拉在给裙子拆线,心里烦得发慌,待不住,可手里从来干不了有用的活儿。裙子是早上送到的,来自夏奈尔或巴度专卖店，到了晚上，它们只剩下一堆七零八落的布料和花边。

她没看见马克斯盯着埃莱娜的目光。听不出他语气中的犹豫，不怀疑他脸上掠过的奇异的温柔，没察觉他不经意触碰到埃莱娜裸露的手臂时双手轻微地颤抖。在她眼里，埃莱娜直到她死都是个孩子。

"这就是障眼法的魔力，"埃莱娜想，"爸爸玩纸牌，想象着那就是金钱……巴黎迎来所有的外国暴发户，称之为上流社会……她不让我剪头发，头发都垂到腰了，她认为这样很好，认为我会永远十二岁，认为马克斯永远不会察觉我已经变成一个女人……等着吧，老家伙，你等着……"

有一回，卡罗尔去赌场了，他每晚都上那儿。刚敲过十一点，贝拉就向马克斯示意：

"我们出去吗？……天气这么好……咱们去树林吧……"

那是一个晴朗的春日之夜，马克斯接受了。她起身去戴帽子，埃莱娜突然拉住年轻人的手说：

"我不愿意你出去。"

"为什么？"他低声问。

她用任性、恳求的语气重复道：

"我不愿意。"

他们久久地相互凝望，这份男人和女人之间的默契，不用只字片语，无需亲吻拥抱，一切尽在不言中，无可救药地发生了。

然而，他仍能感到自己对贝拉的爱意。她专制的个性，她的心血来潮，她的疯狂，这一切曾激起他热烈、深厚的爱意和欲望，现在，它们慢慢地倒流，就像一个浪退下去，露出刚被它盖过的沙滩，接着另一个更猛烈的浪又打上来。就这样，在旧爱上涌现了一份新欢，新旧的本质是相同的，新欢继旧爱之后引发了同样的妒忌，同样的占有欲，同样残忍、扭曲的温柔。

他不看她，一阵血液涌上脸庞，直红到鬓角。他又问：

"为什么？"

"我心烦，哦！马克斯，因为你的缘故，我小的时候才那么苦闷……你现在就不能有一次顺我的意么？"她低声道。

他冷冷看了她一眼，迅速转过头：

"很好，可是，等我高兴了，你也得顺我的意……"

"要我怎么做？"

他推开她，大笑道：

"我开玩笑的，当然了……"

这天晚上，贝拉回来时，他对她说他不出去了，剩下的时间里他都在烦躁地抽烟，一根一根烟刚点着就被他扔掉。他显得疲惫，苍白，焦虑，最后走了。她听见大街上大门在他身后留下的声音。贝拉一动不动地坐着，满眼泪水地发呆。

埃莱娜穿过房间，双肘撑在窗沿上。人行道被月光照亮；一棵树摇摆着柔软而仍然脆弱的枝条，已经长出嫩芽。她望着埃菲尔铁塔上闪烁的几个字：雪铁龙，雪铁龙。

"我多幸福啊，"她惊讶地想，"其实也没什么……"

阳台的栏杆上趴着埃莱娜的黑猫汀达贝尔，那是马克斯给她的。这世界上除了父亲，她最爱的就是它了，也是她唯一能够抚摸、照顾、留在身边的生命。她有时会将它抱到胸前说：

"我爱你，你这小东西……你这么暖和、活泼，我爱你……"

它朝月亮努了努嘴。

"我感到幸福，因为我达到了目的，因为马克斯爱我！……"

她心想。她很清楚他爱她，可是征服来得如此轻易，她因此失望，感觉受了侮辱……

"不，不是这样的……这一切，或许，是因为我年轻。"她想，享受着拥有十八岁的喜悦，在她身上，不是对青春的陶醉和迷恋，而是一种愉悦，对柔软强健的身体的感受，是血管里欢快而无声地流淌的年轻血液。她向空中抬起美丽的双臂，它们纤细、光滑，两只手灵巧、瘦削。她快活地注视着自己的身体和脸庞在窗户上映出的苍白影子。猫走过来用光滑乌黑的脑袋在她身上蹭，高兴地发出呼噜声。

她发出特殊的口哨声："汀达贝尔……"它认得这哨音，喵呜喵呜地回应着，声音欢快而温柔。

黑暗中她任长发披散。她喜欢这样看着沉睡的城市、颤颤悠悠的灯火，呼吸着轻轻从树林中飘来的芬芳的晚风。

对面一张长椅上，有一男一女在接吻。她好奇、鄙视地看着他们：

"爱情，真是又丑陋又愚蠢……弗雷德呢？……哦！那只是闹着玩的……""汀达贝尔，"她对猫说，"人老了变得多么识趣呀！"

她坐在阳台栏杆上，无意识地晃着腿，品味半悬在空中的刺激的快乐，似乎听见一个至爱的声音默默对她说：

"莉莉，不该这么做……不该玩危险的游戏，那不是真正的勇气……"

可是这话里有一层她不愿听见的含义……"真正的勇气？……是的，我知道：受侮辱，宽恕……可是不，不……不能要求我这么做，瞧，不能要我做这样的事。首先，一旦我觉得游戏进行了足够长时间,我就会停手……但不会在让她受到折磨之前停止,她……受一点折磨,至少,永远比她让我受的折磨来得少……只是一点点折磨……"

她转身,久久地、残忍地望着她母亲,皱起眼睛说:

"多美好的夜晚啊!……十八岁真好!……哦!我不愿意变老,妈妈……我可怜的妈妈。"

贝拉哆嗦了一下,埃莱娜见她那令人厌恶的手颤抖着,爪子形的指甲随着岁月流逝已失去了昔日的光彩。

"你会像其他人一样老去的,我的女儿,"她的声音低沉苍白,"你会看到这多么有趣……"

"哦!可我有的是时间,"埃莱娜哼唱道,"很多时间……"

贝拉起身走了出去,粗暴地关上房门。埃莱娜独自一人在屋里,眼里不觉溢满了泪水。

"啊,这是怎么了!"她耸耸肩想,"我这是可怜她么?……不,再说,她变老又不是我的错!谁让她找了个年轻自己十五岁的情夫呢?可我,我,我也不比他们好多少……"

四

渐渐地，负罪的爱情在慢慢成长。当第一朵脆弱的花儿开始发芽，爱情蜿蜒的根茎已深深植入男子的心里。花朵显得如此脆弱、娇小，与其说他在欣赏它，不如说是陶醉于自身的力量。他觉得自己如此强大……只需一个简单的举动，一次小小的努力，这一切就可以结束，连根拔起，永远消失在他心底……那么，他有什么可害怕的呢？……他笑了，带着藐视和怜悯。"那么，是的，开始变成爱情了……可是，以我的年龄，我有什么可怕的？……我知道若是任它滋长，它带给我的将只有痛苦……"可是，从他见到并认定这是爱情的那天起，他开始第一次审视自身的弱点。柔软而固执的根茎每天在他身上扎得更深，等到他最终颤抖着想"现在够了，够了，游戏结束了……"的时候，就是他屈服的那一分钟。他那时会习惯于他的爱情，依恋他的痛楚，所以只有等待，等到时间和疲倦摧毁那根深蒂固、有毒的脆弱花朵。

马克斯开始和埃莱娜的形象游戏，夜里睡觉时在记忆中寻找她，尤其是当他对他的老情妇或对生活感到厌倦时。睡觉前，他喜欢闭上眼睛，以便更清楚地看到埃莱娜的脸。他这不是在恋爱……多么愚蠢的念头！……"啊！我可受够了，"他想，"爱情，多大的讽刺……爱情，沉重的十字架……爱埃莱娜，这个孩子……"他还记得有一个秋日，和贝拉散步时，他在一条路上看见小埃莱娜穿着短靴，闷闷不乐地走在烂泥里……他当时多讨厌她啊！……他看见她就心烦。她的每个眼神都像在窥视他，他不知多少次跟贝拉说："为什么不把她送去寄宿学校，好让我们安静点呢……"这个小家伙……现在呢？……不，不，他不爱她……这只是他想象的游戏，一次心血来潮罢了……只是看见她心里感到高兴……她也是世界上唯一一个他能够简单、友好地与之交谈的人……他又回忆起她细嫩的脖子和年轻的脸庞……年轻，诱惑他的正是年轻。他三十岁，而贝拉……贝拉评论比她年轻的女人："像木头娃娃，毫无生气，冷冰冰的……多得是……"是啊，可是这些深沉、热情如火、处于恋爱中的老女人就稀罕了吗？有时，在睡梦中，他会突如其来地见到两个女人的面孔交织在一起。有时，他怀里抱着埃莱娜，喊着："贝拉，亲爱的贝拉……"

他惊醒过来，心里有些反感和羞耻，又想：

"我不爱她，我这是在玩弄爱情。我和我自己较量……只要我愿意，随时可以让这一切永远结束……"

然而，随着时间流逝，他不再耍心眼了，而是恐惧、内疚地想：

"我情妇的女儿……"

可这又怎么样呢？……这并不稀奇……

"这几乎是无可避免的！"他想，"这……是常有的……贝拉从来不会宽恕。她不是个母亲，她，很不幸，只是一个女人……好吧！让她不宽恕好了，我不在乎，我把我最美好的岁月都给了她……这难道还不够吗？我为她牺牲了母亲、家庭和青春……"

他曾经那么爱她，这个女人，既便当时她已经不再年轻貌美……可她知道如何让你快活……他还记得他母亲对他人发雷霆，妹妹们也哭了……她们使出一切手段（尽管那样拙劣！）要把他从"那个女人"身边抢回来……他还记得他母亲说话时的口气:"她不爱你。她是想报复我……可怜的孩子……她什么都不是,一个微不足道的人①。"她苦涩地说,对自己在痛苦中能用英语来表达感到欣慰,不像贝拉,贝拉也许是从一夜情人身上得到这种安慰的,"她一向霸道,现在成功地夺走了我的儿子。我当时拒绝收留这个小女人,不是因为她穷,感谢上帝!我还没到这份上!……是因为她的行为像个……阴险毒辣的女人!……她抢走了我的儿子!你以为她这么做是出于情感?孩子,相信我,女人爱一个男人不是为了这男人本身,是为了打击另一个女人……"

"是的,"马克斯心想,"她说得对……"

他的年纪足以让他明白,爱情很少有纯洁而不掺杂任何杂质的,他开始恋爱的时候……贝拉起初只是为了报复老萨甫洛夫夫人,后来由衷地爱上了他……只是他不知道而已,她用青春和激情来满足她对爱情的肉体之需,她心中曾被一个过路人唤醒的、充满冒险的爱情……

"她要我只依赖她而存在、呼吸,现在世界上只有我和她……"

他对这份孤独感到忧虑,产生了几近窒息的感觉。"我没一个朋友,除了埃莱娜……对贝拉来说,人与人的关系,亲情、友情、同志情谊都不存在。我没有朋友,没有家人,没有家庭,只要我还跟她在一起,这一切我就永远也不会有……""可为什么不离开她呢?"他有时也这么想,但脱离卡罗尔家,独自生

---

① 原文为英文:a mere nobody。

活,这对他来说似乎是不可能的。他只有他们。这既被理性所约束,也出于简单的人性。他感到害怕,害怕更苦涩的孤独,无可救药的孤独……有时,他几天不听电话,不回贝拉的口信。可是他太空虚了,他在这个陌生的国度,没有朋友,没有工作。他从俄罗斯带来的财产,既不够支付他昂贵的消遣,也没有少到逼得他去自谋生路……他想再见到埃莱娜。他又回来了,看着她来来去去,奔跑,姿势那样轻盈,好像插上了青春的翅膀,在地面待也待不住。他惊叹,心酸,带着嫉妒的绝望低语道:

"真年轻,天啊,你是多么年轻啊!……"

他轻轻拿起她的手,端正、害羞地将它偷偷按在脸上。

六月的一天,卡罗尔一家到马克斯家吃午餐,随后要动身前往比亚里茨①。马克斯住在一个简陋、安静的小公寓里,位于帕西街②,差不多算乡下了。暴风雨压近巴黎,布满天空的古铜色的轻云在不知不觉中聚拢,渐渐形成重重的粉色水珠,云层时不时张开,于是有一道刺眼的白光闪过。

午餐结束,马克斯缺一个小手提箱,便出去买了。埃莱娜拿了本书看,卡罗尔目光茫然地在怀旧,他舞着手指,有节奏地使劲拍掌。埃莱娜知道,他这是又想起轮盘赌桌了。最后他站起来,叹了口气:

"我刚才没时间刮胡子。我半小时后回来……"

"鲍里斯!"他妻子嚷道,"马克斯一回来我们就走!而你一出去非得晚上才回来……"

---

① Biarritz,法国地中海城市名,在法国与西班牙交界处。
② rue de Passy,巴黎 16 区一街道名。

"这话说的!"鲍里斯·卡罗尔说,脸上闪现出的调皮笑容是埃莱娜最喜欢的……"亲爱的,你这不正好有时间去买你喜欢的那顶帽子。"他说着把钱塞进妻子手里。

她语气缓和了许多:

"那我们一起下楼吧!"

剩下埃莱娜一个人。一阵微风拂动旁边一棵树的枝条,暴风雨前的太阳探出头来,阳光洒在竖立的叶片上。乌云越来越厚,阳光不见了,树无奈地叹息着,狂风卷走六月的新叶,它们还那么细嫩、那么碧绿……

钥匙在锁孔里转动,马克斯进来了。见屋里空无一人,他并不诧异,他熟知卡罗尔家人的脾性。他等着,快到四点时,大家都以为要到夜里才能再见到的卡罗尔出现了,他狠狠地关上门:

"我妻子不在?……我告诉她在车里等我。我前脚一走,就人影也没一个!她就是这样!让我答应在赌场待不超过半小时,手气刚开始好转,她就不见了!"

"我可怜的朋友,"马克斯懒洋洋地说,"现在已经过四点了,她可能已经等了你两个半小时……你不久就会发现……"

卡罗尔不听,急躁得浑身颤抖,朝着门外。他双眼放光,可是眼神忧郁、沮丧、急切,他不停地说:

"啊!上帝,多不幸啊,手气刚转过来……"

他在房里来回踱步,最后赔笑说:

"我还是回那儿去……去不了多久……"

"要下雨了!"埃莱娜嚷道,"爸爸,你没带外套。等等,拿上雨伞,你昨天咳得那么厉害……"

"别管我,"他快活地嚷嚷着离去,"这不算什么!"

"还有一个在哪儿呢?"马克斯慌乱得直颤,"快五点了。"

埃莱娜不禁笑了:

"我的小马克斯……你还没习惯吗?……我们傍晚走,今天夜里走,或明天,或下星期……又能如何?那边和这里相比有什么更好或不一样的东西迎接我们呢?"

他不回答。屋里只有他们俩,时钟不停地敲打。远处,天上的雷声轻柔深沉,像鸟儿的啼叫。

电话响了,马克斯去接:

"喂,对,是我……"

埃莱娜听出是她母亲的声音。

马克斯说:

"他来过,又走了……不,"他犹豫了一下说,"小家伙也不在这儿,我要出门。看来旅行泡汤了。明天再走吧。"

他挂上听筒,忧郁地静静站在那儿。埃莱娜看着他笑了:

"撒谎了,小马克斯?"

"啊!让我们安静一次吧,上帝!"

雨开始下了,大粒的雨点重重地打在玻璃窗上,噼啪作响。天色昏暗下来,埃莱娜打了个冷战:

"一下子变得这么冷,还是六月天呢……应该要下冰雹了……"

"把窗板关上吧。"他说。

关上窗板,拉上窗帘,黑暗中点燃一支蜡烛,小小的房间顿时变得安详而温馨。

"来,我们吃点儿点心……"

他们烧了热水。埃莱娜摆好餐具,走到一个粉红花瓶旁,里面浸着石竹花：

"马克斯，可怜的人，你甚至连花店的铁丝都没拿掉。铁锈会腐蚀掉花的……"

她给花剪枝，换水，看到马克斯脸上露出的喜悦神情，她暗地里高兴。

"这里缺一个女人。"她天真地说。

雨在空荡的街道上横流，隔壁房间的百叶窗开着，能看见路面上轻盈闪亮的草被风吹走。

马克斯关上门。现在一切都安静了，他屈膝坐在自己脚上。

"等等，别动，我来帮你，让我为你服务。你要茶吗？……午餐的蛋糕还剩一点……你吃了吧，求你了。"

他谦卑而殷勤地看着她吃，充满爱意的眼睛盯住那唇间晶莹洁白的牙齿，巨大的沉默温柔地将他们连在一起。最后，他颤抖着，低声说了一句话，声音低得她需要听第二遍才能明白：

"我真的喜欢你……"

"等待已久的时刻总算到来了……"她想道，取笑他同样也取笑自己。

她是如何走到这一步的？……她回忆起在芬兰的山坡，从坡顶上轻轻一推，雪橇就滑出去直冲云霄。促进转变的催化剂，第一次是在船上，她对他笑，和他交谈，没有表露出心底的仇恨，接着，她频繁的出现迅速而不动声色地起了作用，让两个不同出身却彼此离得那么近的男人和女人心醉神迷……

她轻轻地伸出手触碰他的脸颊，对他产生一种模糊、善良的怜悯。她感到自己如此强大，如此平静，如此自信于自己的能力，可她马上又抽回手指，皱起眉头。见他颤抖着，抬起眼睛顺从而害怕地望着她，她感到很得意，只说了句：

"放开我……"

"埃莱娜，"他声音嘶哑，热切道，"我爱你，我要娶你，我爱你，我的小埃莱娜……"

"什么？"

她震惊地叫起来，声音中的敌视和怨恨令他吃了一惊。

"一辈子也不可能，"她低声道，"一辈子……"

"为什么？"他说话时眼中闪着怒火，她似乎又看见了那个让人讨厌的马克斯，她童年时的敌人。她耸耸肩，本想说"因为我不爱你……"可又一想：

"不行……如果我对他这么说，他就再也不会原谅我，这就完了，游戏结束了……嫁给他？……啊！不，还不至于这么蠢，报复的欲望还没有强烈到拿我的幸福去当赌注……我并不爱他……"

于是她满足于沉默地摇摇头。他以为自己明白了，脸色苍白到连嘴唇都发青了，他将她揽进怀里。

"埃莱娜，原谅我，原谅我，我怎么能知道呢？……我爱你，你还这么年轻，你会爱上我的……你不可能不爱我。"说着，他忧伤而热烈地吻她的脸颊和嘴唇，她放弃了挣扎。

窗外，雨势渐弱，可以很清楚地听到树叶滴水的声音，如音乐般悦耳。马克斯紧紧抱着她，她感到他的嘴唇在颤抖，隔着她轻薄的衣裙吻她，温柔地咬她的肩。

她轻轻推开他：

"不，不……"

他想亲她的嘴，可是尽管他满脸柔情、心急如火，还是被她用两手推开了。

"放开我！我听见脚步声，是我母亲。"她慌张地叫道。

他放开了她。她全身无力、脸色苍白地瘫倒在沙发上。是奉命前来的司机。马克斯和他说话的时候，她溜出房间，逃走了。

五

他们那一晚没去比亚里茨。埃莱娜回到家，上床睡觉。她的窄床被推到窗户底下，房子的一楼只有她的卧室，城市的嘈杂声拍打着她的窗板。头顶，她听见母亲的脚步声，为了排解失眠和哭泣，不停地从一间房走到另一间。门外，从乡下返回的汽车轰响，相逢恨晚的情侣们或散步，或坐在长椅上接吻。埃莱娜点上灯，督政府时期风格的茜红色和水绿色的装饰线，玫瑰红的窗帘，嵌在墙上的细长玻璃镜，她仇视地看着生活中的这些装饰品。这世上她什么也不爱。

"什么东西、什么人都不爱，"她哀怨地想，"我今晚本该感到幸福的……我想要的一切，我都得到了……只要我愿意……"

她摇摇头笑了。

"哦！埃莱娜，"她在心里自言自语，从小时候开始就是这样，"你明明知道你是最强的，这些不过是可鄙的战利品……让马克斯爱上有那么困难吗？……我十八岁，她四十五……随便哪个女孩都能办到……而你还在这儿沾沾自喜！……你要做的是克制自己！假如你并不比他们强也没有他们好，你有什么权利鄙视他们？……我一直都在和可憎的血统作斗争，可它就在我身上，在我身体里流淌，"她想到这里，举起琥珀色的细手臂，上面的血管清晰可见，"假如我不学会自制，这可恨的血统就会越来越强大……"

她记起马克斯家里安在阴影中的镜子，当她任由他亲吻时，她在镜中看见自己的脸。她丰润的脸神情得意，让人害怕，脑海中闪过母亲的面容，年轻时的母亲……

"我不能被这个魔鬼降服，"她笑着大声说，"现在我已经得到了我想要的东西，或许很容易就会放弃。我不是个虚伪的人，我不会伪装自己；我不是好人，也不想当好人……做好人有些软弱、枯燥、令人窒息的意味……但是我想变得比自己更强大，我要战胜我自己……是的，让他们陷于污泥、耻辱，而我……上帝啊，"她忽然有种撕心裂肺的内疚，"我是如此不完美，记仇、自私、傲慢……从今天开始，我发誓，再也不单独和他见面。我要逃避他。要固执地躲开他，像过去固执地要见他、单独与他相处时一样。只怕我会闷得慌呢，"她微笑着想到，"罢了！这是我要的，我自己想要的……傲慢或复仇，看看谁更强大！……可是我会有勇气看着她幸福吗？会的，为什么不呢？从今天开始，我不再恨她，我原谅她……"

"我知道，这很怪，可这是我有生以来第一次，想到她的时候不会气得发抖或像石块一般沉重……我甚至有点可怜她……"

她仿佛又看见母亲苍白的脸、脂粉上的泪痕和失了色的花容。

"我，小埃莱娜……就像她说的那样：'这小东西怎么那样笨拙，粗野……你真是笨手笨脚啊，我可怜的埃莱娜……'"

她的眼睛在黑暗中忽闪忽闪。

"还没有笨拙到这个地步，"她咬紧牙齿哼哼道，努力平息胸口剧烈的心跳，"做一匹贪婪的狼，这并不困难，也配不上我……我要告诉马克斯我不爱他，这一切不过是场游戏。他会回到她身边，不再来烦我……从明天开始，一切恢复正常，如果我可以这样对自己解释……因为父亲什么也看不到或者不愿意看到,所以只能由他们去了……其实,这样卑鄙的快乐是浸满苦涩的……多么奇怪的夜晚啊!"她想着熄了灯,看见银白色的月光透过百叶窗的缝隙倾泻进来:多美的月色啊……

她爬起来,光着脚走到窗边,打开窗板,看着宽阔冷清的大街。风从树林吹来。此刻,夜色变得清澈了,呈现出一种透明的淡蓝色。她坐到窗台上,轻轻哼着歌。她的心从未如此轻松,血液里充盈着欢快的活力。"其实,知道她的幸福捏在我的手心里,可以随我的意愿捏碎它或放开它,这难道不是最好的报复吗?我还能要求更多吗?我不爱他。如果我爱他的话……"

她定睛看着前方,脑海中又出现他那张顺从、贪婪的脸……"我谁也不爱,感谢上帝,我孤独而自由。如果可以的话,"她忽然想,"我相信我今晚就会离去……真的,这是我唯一的愿望……去世界上任何一个地方,再不要看到我母亲和这所房子,再听不见'钱'这个字眼,还有'爱情'。可是还有父亲呢……但,他不需要我……"她心酸地想,"没人需要我……马克斯迷恋我,可这不是我需要的,我要的是一份肯定、平和的温柔……我这年龄的人都恨不得将温柔抛得远远的,可我已经不是小孩了……的确如此,我从来不曾拥有过童年……一个错过了童年的孩子,似乎永远无法像其他孩子那样成熟起来。只会半边枯萎半边青涩,像一颗过早暴露在风中被冻过的果子……"

经历了这些阴暗的年月后,她似乎从未像现在这般充满活力。她坚强地咽下泪水,握紧拳头,积聚力量,毫无怨言地默默承受。

"美好而艰难的生活!"她大声说。

她躺回床上,可窗板仍然开着,她看见夜色渐渐发白,春日的晨辉在树叶上闪耀。最后,她总算睡着了。

六

一个星期过去了,她成功地躲开了马克斯,可出于贝拉的意愿以及生活的交错,他们的生活有太多的牵扯。她已经开始想他了,特别是在晚上,这些永无止境的夜晚,九点或十点,大家还在等卡罗尔回家吃晚饭,埃莱娜十分忧郁,她想起了马克斯,怀着遗憾,尽管不情愿。她跪在椅子上,漫不经心地勾画一张路易十五时期风格的摇摇晃晃的办公桌的桌脚,给它镶上飞腾的金色爪子。她听见头顶管家在不安地踱步,这唤醒了她心底太多太多的回忆……

一天晚上,卡罗尔太太手里拿着电话,一阵风地穿过埃莱娜所在的房间,后边跟着一个女仆,女仆正在改短她身上的裙子,衔了满嘴的别针,被电话线绊得跟跟跄跄,后面还有一个女仆,端着一个敞开的首饰匣。

埃莱娜听见她母亲要了马克斯的号码。贝拉一面说话,一面旋紧刚才滚到地上的钻石耳环。她说的是俄语,不时停下来,可能是想起埃莱娜在隔壁房间,随后她又忘了,重新开始哀求:

"来吧,来吧……你答应过今晚和我出去的……他不在家,我太孤独了,马克斯……可怜可怜我吧……"

挂上电话,她呆呆地站了一会,茫然地搓着手。结束了……他不再爱她……她疯狂地在记忆中搜寻可能抢走他的女人的面孔……他对她感到厌倦了……

"过去,我们也吵架,可是,他回到我身边时总是变得更顺从、更温柔。过去……还不到一年……可现在……啊!是另一个女人夺走了他，我能感觉到，"她绝望地想，"没有他我该怎么办？"

她是如此实心实意地忠诚于他，她想起来心里就怨恨难平：

"我最后的年华……我不想表现出来，我是打肿脸充胖子，可我知道，现在，青春、爱情，对我算是完了……要么花钱去买艳遇，情夫、少年男子，都可以做你的儿子了，给他们钱，他们却在背后嘲笑你，"她想着，想起她的女朋友们，像牵哈巴狗似的牵着她们的帅小伙，"要么放弃……做一个老年妇人……啊！不，不，这个，决不，决不！……我不能放弃爱情，这不可能。"她喃喃道，茫然地拭去滴在珍珠项链上的泪珠。

"他把我当个神龛似的供着，"听见门打开，隔壁房间传来她丈夫的脚步声，她想，"可这不是我要的，况且，我无聊，我无聊透了……如果生命中没有男人，没有年轻、英俊的情人，活着还有什么意思？……说自己满足于没有爱情的生活的女人，不是傻子、蠢人，就是伪君子……我需要爱情，"她热切地想，恶狠狠地望着镜中自己扭曲的脸，"但愿他们知道我对自己有多么自信！我用不着同情、怜悯。"

晚餐开始了。没有窗户的大堂被用作餐厅，清冷幽暗，假大理石墙角线上积满灰尘。

当时盛行仿大理石风格，仿石板地面上铺着黑白方格图案地毯，人造花插在大理石花瓶里，散发出一股略微呛鼻的灰尘味；一个大海螺壳里摆着石膏制成的水果，里边装着电灯。大理石餐桌虽然铺了蕾丝桌布，依然冻得人手指冰凉。卡罗尔吃得急不可耐，他对食物看也不看就囫囵吞下去，甚至来不及尝出什么味儿。他对于给他准备的药片照单全收，希望这些东西能够替他呼吸新鲜空气和休息。埃莱娜无限怜惜地望着他：他比从前更清瘦、更英俊了。

他内心的这股火焰，这悲怆的活力，正在散发它们最壮美，也是最后的火花。他历经沧桑的苍白面孔上，漂亮的眼睛忧郁而敏锐，眼角发黄，目光灼热得让人几乎无法承受。他不停地用瘦长的手指敲桌子：

"快点，菜再上快点……"

"你今晚还要出去吗？"贝拉叹气道。

"我约了人谈生意……你也是啊，你不是也要出去？"他看着她说。

她摇摇头：

"不。"

可马上她又尖声抱怨道：

"我老是一个人。我们过的生活简直疯狂。我是最不幸的女人，永远都是个牺牲品。"

他不回答，几乎没在听她说，二十年的夫妻生活已经让他习惯了这一切。

可今晚，埃莱娜却觉得她令人感动，这个正在老去的爱吵架的女人，坐在她对面，目光却从不落在她身上，好像这张年轻的脸叫她难过似的。她哀愁地把漂亮的手放在桌布上，裸露的手臂戴满镯子。脸上化了妆，涂抹了层层的脂粉和雪花膏，可是皮肤下面的肉似乎已经萎缩了，光滑、白嫩、红润的面部渐渐凹陷下去，显出被岁月侵蚀的痕迹；不过，她的身材依然保持得很好，上身挺得笔直。

埃莱娜转身对父亲说：

"爸爸,好爸爸,待在家里吧,看看你……你显得那么疲劳……"

他耸耸肩膀,埃莱娜继续坚持,贝拉也重新开始发牢骚。他最后不耐烦地喊道:

"见鬼,你们这些女人!"

埃莱娜闭上嘴,眼中满含泪水。他的这种拒绝伤害了她,尤其是将她和她母亲混为一谈。

"他难道看不出我爱他吗?"她伤心地想。

可他除了赌场的绿色地毯什么都看不见,他今晚就将在那儿一掷千金。

"不,"埃莱娜心想,"要放弃马克斯、放弃游戏没那么简单……"

第二天,他们突然动身去比亚里茨,埃莱娜没有任何借口留在巴黎。再说,他们仍然当她是个小姑娘,不允许她对大人的命令讨价还价,马克斯和他们一道去。

清晨,在布卢瓦[①],马克斯让人来叫她,贝拉还在睡觉,他顶着寒风,在一条被阳光照得粉红的小街上,从露天货摊上给她买了新上市的樱桃,樱桃上裹了一层银白的小水珠,结了冰的樱桃像甜酒冻一样醉人。他望着她,眼里满是欲望和温柔:

"埃莱娜,你真不可捉摸,飘忽不定,我太喜欢你了,太喜欢了……我从没像爱你一样爱过别的女人……你真美,我爱你爱得发狂……"

这些话,所有这些追女人的套话,于埃莱娜却还是很新鲜,

[①] Blois,法国一城市名。

尽管不情愿,还是一字一句地渗进她心坎里……

"我没有勇气,"她想,"战胜魔鬼……不是用肉欲,何为肉欲?……而是用风情,用残忍,第一次玩弄一个男人的爱情多有乐趣……"

"我不会有勇气的。"她反复对自己说。她使尽全力,垂下眼睛,自嘲地想,这份幽默继承自她父亲:

"上帝会保佑我的……"她用平静的声音,不动声色地答道:

"马克斯,放开我,我不爱你,我只是拿爱情取乐。"

她说的时候,心里在想:虚伪的家伙,我这样只会在他的热情上再添一把火……

他脸色煞白,冷冷地看了她一眼,而她,忽然害怕失去他了……这倒十分有趣……"为什么呢,"她想,"为了减轻我一直憎恨的女人的痛苦?……我可不愿意!……我只是玩玩而已!"一股难以名状的骄傲和喜悦热烈地涌上她的心房,她轻轻拉过他的手来。

"看,看哪,多可怕的眼神……我是开玩笑的……"

触到她的脸令他打了个寒战,他有些害怕地望着她,这张孩子气的脸流露出来的表情却很有女人味,他太喜欢她了……他爱她脸上的每一个表情,尽管它们还显得笨拙而生硬;爱她披散的长发落在瘦削的肩膀上,她瘦弱的脖子,完美的眼皮,闪亮的眼睛还保留着孩子气的骄傲和纯真;爱她修长的腿、灵活有力的手指、她躲开他拥抱的任性和胆怯、她纯净的气息……这里只有他们俩,他向她俯过身,抱紧她,柔声道:

"给我一个吻……"

她飞快地将唇在他脸上印了一下,令他不禁柔肠百转。她的吻像个小女孩，可当她静静地闭上眼睛，接受他的吻时，却显得像个女人……

此时埃莱娜在想：

"我这是在干什么？……"

可是现在想停止游戏已经太迟了……

当他们回到巴黎，埃莱娜才明白马克斯对她的占有欲达到何种程度。跟她在一起，他变得专制、妒忌、残忍了，就像从前和贝拉在一起时一样。男人们学习恋爱，就像学习其他任何事物，技巧一成不变……他们不自觉地在不同的女人身上运用相同的技巧……

他反复说：

"嫁给我吧……你在那个家里不幸福……"

她拒绝了，他气得面色发白，浑身颤抖，破口大骂。他也怀疑埃莱娜是和他闹着玩的，但现在这已不足以平息他的怒火，他已经陷入难以自拔的境地，疯狂又沮丧。埃莱娜愕然地看着自己在他身上激起的这份热情折磨着他，却无法理解。她第一次说漏了嘴：

"要是我母亲知道了……"

他大笑起来：

"说吧，说吧，去呀，你将发现你的生活变得何等美好，我的好姑娘……她决不会原谅你的……你还只不过是个孩子，一个小姑娘……她会让你付出惨痛代价的，去吧……"

然而他仍然和贝拉在一起，为了种种理由……他在她身上报复埃莱娜，把精力转移到她的身上，对她发狂地亲吻和爱抚，那是埃莱娜出于对他整个身体的反感而拒绝了的。他还绝望地反复道：

"这怪你,都怪你……我想给你一个清白、正常的生活,你却拒绝了……"

晚上,他把贝拉叫到他家,以便能肆意给埃莱娜打电话,他知道她独自在家。贝拉半夜回来时脸色苍白,精神恍惚,可第二天依然如约前往,埃莱娜则战战兢兢地等着电话铃在空荡荡的屋子里响起。

她一只肘支在前面,手颤抖地捧着脸,两眼直勾勾地等着,无力逃离或挣脱这份诱惑……

电话响了,她摘下听筒,听到马克斯的声音:

"你什么时候过来?要是不爱我,为什么又让我吻你?你想怎么样我都照办。只要你过来。我不会碰你的……求你来吧。"

她回答:"不……不……不……"觉得心越来越凉,她不时往门口看,生怕她父亲、母亲、用人进来,害怕自己的回音,而他依然滔滔不绝,嗓音温柔而生硬,仿佛一字一字地咬着在说:

"亲爱的,亲爱的,我亲爱的埃莱娜,来吧,来吧,可怜可怜我……"

可是,他突然不作声了,挂了电话,她听见通话被短促的嘟嘟声中断。她气坏了,痛苦地想:

"她刚到他家。在敲门。他去给她开门,然后……我不嫉妒!该嫉妒的是她!我嘛,我应该是胜利了……然而,我想要他……这是我的错……想要乔治·唐丹①,"尽管满眼泪水,她还努力挤出一丝笑容,为自己的忧伤感到羞耻,"我这是干什

---

① Georges Dandin,莫里埃喜剧《乔治·唐丹》的主人公,
一个娶了贵族小姐的乡下财主。

么？上帝啊，我能从哪里得到勇气，让我能够克制自己，宽恕别人，遗忘过去，让上帝去复仇？……"

她上了床，昏昏欲睡，打小她的睡眠就安详而愉快，能够将她带回快乐、纯真的遥远回忆。这时，电话再次响起，将她从床上拽起来，还是那个温柔而可恶的声音：

"埃莱娜，埃莱娜，我想听听你的声音……没听到你的声音之前我无法入睡……跟我说句话，就一句，一个承诺也好，即便是你不会遵守的承诺，告诉我你有一天会爱上我……当心，我会叫你好看的，"他突然狂躁地喊起来，"我要杀了你！"

她耸耸肩：

"你真是个孩子……"

"那么，就让我做个孩子吧，"他失魂落魄地喊着，"为什么你总在我周围晃来晃去？你不过是个愚蠢的女孩、骗子、卖弄风情的女人！我不爱你，我是逗你玩的，我……不，埃莱娜，别走，原谅我，我求你到我这里来一次……亲吻着你细嫩、光滑的脸我会发狂。埃莱娜……我亲爱的，亲爱的，亲爱的……"

埃莱娜听见窗外大门开了，她急促地低声道：

"现在我要挂了，要挂了……我不能再说了……"

她不好意思说："我母亲来了……"

可他毫不费劲就猜到了，很高兴能扮演最强者的角色，能让她担心，哪怕只有片刻。他说：

"很好！你要是不明确答应我明天来看我，我就整晚打电话，直到你母亲听见为止！别把我逼绝了，埃莱娜，你不了解我！除了你，我可教训过不少女人！"

"你曾经爱过的女人。"

"很好……我会整晚打电话的,你听见了?……你母亲会知道一切,还有你父亲,埃莱娜?……他将知道一切,你明白吗?一切。过去的和现在的……啊!这么做很可恶,我知道,可这是你的错,是你把我逼到这份上的!听着,你只要答应我!就一次!我爱你!可怜可怜我!"

埃莱娜听见了楼上她母亲的脚步声,隔壁卡罗尔卧室的门也开了。她低声说:

"我答应。"

七

树林里，整整一天都在下雨。他们两人乘着汽车，漫无目的，幸福地逃进这些荒无人烟的湿漉漉的小路上，至少，这里不会遇上任何人。已经是秋天，十月初骤然落下的冰凉雨水猛烈地打在车窗上。司机时不时地停下车，耸耸肩膀看着马克斯。马克斯不耐烦地拍打车窗：

"再开远点。随便开。"

汽车重新起动，有时会陷进遛马的软泥地里。不出一会儿工夫，他们已经穿过塞纳河，进入乡间，一股强烈而清新的气息从摇下的车窗外飘进来。埃莱娜看着窗外，恍若梦境，坐在她身边的男子啜泣着对她说话，甚至顾不上擦擦眼泪。她心里不禁生出一丝怜悯，也感到有点恶心。

"埃莱娜，你必须理解我……我不能继续这样生活下去了。我们从来没有谈论过她，"他避免提到情妇的名字，"我现在这样很龌龊……可是为了让它结束，最好还是坦率地谈一次，仅此一次……你……你很早就知道我们的关系了，是不是？"

"啊！上帝，"她说着耸起肩膀，"难道你们以为我小时候就该像个瞎子或傻瓜那样什么也猜不出来吗？"

"你以为我们会去考虑孩子吗！"他怒喊道，那一瞬间，她看见他又像从前那样做了一个轻蔑、厌烦的鬼脸，她感到心底的旧恨又搅动起来。

她低声说：

"我知道你们从来没考虑过孩子……"

"可是问题在这儿吗?现在问题在于你们,一个我所爱的女人和另一个我曾经真心真意爱过的女人……我不能再这样欺骗她……最近这几个月我简直生活在噩梦里……现在我清醒了。我明白自己在过去这段日子里有多么可怜、可悲……或者说,我当时就知道,可还是控制不了自己,我太爱你了,我疯了,"他嗓音沙哑,"可是我受不了了,我觉得自己恶心……"

"这些年来你一直欺骗我父亲,竟毫无悔意。"她怨恨地说。

他喃喃道:

"你父亲?你知道他的想法吗?有人知道他想的是什么吗?如果你认为自己了解他,我劝你还是醒醒吧。至于我,我说不清他知道了什么,又不知道什么……埃莱娜,如果你愿意……"

"愿意什么?"她将贴在他滚烫的脸颊上的手抽回来。

"嫁给我,埃莱娜,你会幸福的。"她缓缓地摇头。

"为什么?"他伤心欲绝。

"我不爱你。你是我整个童年时期的敌人,我无法向你解释这一切。你刚才说:'问题不在仍是孩子的你身上。'不,问题就在这里。我是永远也不会变的。我十五岁时的想法……那之前的……更早的……到现在还是一样,将一直延续下去。我永远也无法忘怀。和你在一起我永远不可能幸福,我希望跟一个从不认识我母亲也没到过我家的人生活在一起,他甚至可以听不懂我的语言,也不认识我的国家,可以把我带得远远的,到任何地方,只要能远远离开这儿。我和你在一起只会痛苦,即使我爱你。而我并不爱你。"

他怒不可遏地攥紧拳头。

"可你让我吻你……"

"这与爱情何干？"她倦倦地道。

"那我走了。我妹妹在伦敦，写信让我过去。我要离开这里。"他呻吟着反复念叨。

"好的，去吧，亲爱的马克斯。"

"埃莱娜，如果我走了，这辈子你再也见不到我。你需要一个朋友，或许，有一天。想想吧，这世上除了你父亲，你再没有亲人。他年老体弱了……"

她打了个寒战：

"爸爸？你瞎说些什么？"

"怎么，"他耸耸肩，"你看不出来吗？他已经完了。他毁了自己的生活。你该怎么办呢？你母亲和你永远都是敌人。"

"永远，"她重复着，"可我不需要任何人。"

他绝望地说：

"十年了，我竟没有体验过一丝正当的情感。我真为自己羞愧……我对你的爱苦涩而朦胧，满载怨恨与痛苦。然而，我是爱你的。"

她抬起手臂，凑近煤油灯微弱的光线，试图看清腕表上的时间。

"快八点了，我们回去吧。"

"不，不，埃莱娜！"

他扯下她的衣服，疯狂地吻她的脖子和细嫩柔软的手臂。

"埃莱娜，埃莱娜，我爱你，除了你我从没爱过别人。可怜可怜我吧，看在上帝的份上，别赶我走……何况，你不至于恨我到这地步！我从来没有伤害过你呀！我就要永远地离开了，你一点也不在乎吗？"

"不在乎,"她残忍地说,"我很高兴呢。至少,你走后,家里将重新变得庄重和正派。她老了。现在她将不得不满足于她的丈夫和孩子。或许有一天我会有一个跟常人一样的母亲。是你造成了我的不幸。"

他没有回答。在汽车的阴影里,她见他转过脸,用颤抖的双手捂住眼睛。她趴在车窗上,告诉司机回巴黎。

分手时他们一句话也没说。第二天,他去了伦敦。

八

不觉光阴如梭，生活恍惚而嘈杂，像一条漫过河岸的河流。后来，当埃莱娜回忆起马克斯走后的那两年，总觉得如同一条湍急的大河，水流汹涌澎湃。两年中，她成熟了，老了，但举止依然生硬、笨拙，脸色苍白，胳膊又细又弱。站在那些神采飞扬、擦脂抹粉、打扮得花枝招展的女孩们中间，她显得毫不起眼，因为她沉默寡言，腼腆羞怯，只在偶尔的举手投足间流露出一种冷淡、粗暴、嘲弄人的活泼。可是她的缄默、不施脂粉的嘴唇、对待接吻的冷漠，男孩子们却并不在意，因为她的舞跳得好，这在当时，是一种宝贵的资本，可以跟绝顶的智慧和崇高的美德平起平坐的……

从马克斯离开到他寄来语气冷淡的短信宣布他结婚的消息，贝拉始终保持无精打采、温和、沮丧的表情，接着她又有了情人，像其他老年妇女一样付他们钱……这段时间，钱来得很容易，百万百万地进账。在那段幸福时光里，股票不停地上涨，不知何时到头，天南地北、操着各色语言的"投机者"都汇集到巴黎。五十岁上下的妇女穿着一种叫做"富家子弟"的裙子，紧紧裹住髋部，从大腿直到粗壮的小腿线条都凸显出来。最早的短发也出现在这一时期，平整地剪到齐脖的长度，脖子上系丝带和珍珠链子。在多维尔①的私人俱乐部里，英国姑娘们周旋在帅小伙中间，他们肤色各异，有雪茄色、烟草色、面包色，成打的英镑

---

① Deauville，法国诺曼底地区一度假城市名。

厚重而挺括，像枯死的树叶。

对鲍里斯·卡罗尔而言，赌博已经不足以刺激他的神经，他需要香槟、女人、夜宵，在风中飙车，大把大把地撒钱，全世界的寄生虫跟在他身后阿谀奉承，所有他年轻时不曾尝试过的玩意，现在一一尝遍，匆忙而恐惧，仿佛他已感觉到生命正从他日益衰弱、贪婪的手中溜走。

有时，到了凌晨，人们跳着最后几曲蛇形舞，脂粉在半老徐娘的脸上晕开了，掉了，埃莱娜望着她的父母亲和围绕在他们周围的狂热人群，竟有些怀念过去的时光，至少那时她拥有的东西还像座房子，像个家。她看着父亲，彻底绝望了。衣服的前胸愈发衬出他发黄的脸色和密布的皱纹。他现在染了胡子，可是被香槟酒洗淡了，忧郁衰老的嘴角微微下垂，像是在懒洋洋地撇嘴。他身上燃烧的火焰似乎已从里面将他掏空，弄得他只剩一副摇摇欲坠的空架子，仿佛风一吹就要散架。他花钱如流水，和那些实现了自己所梦想的成功的男人一样。他多么喜爱这样的生活啊！……喜欢看管家对他点头哈腰，喜欢年轻的荡妇向他投来目光，从他桌前经过时故意蹭他一下，并对埃莱娜和贝拉笑笑，仿佛在说："你们知道这是什么？……这就是职业，不是吗？……"

他冲着那小荡妇，冲着演奏爵士乐的黑人、舞蹈演员和他妻子的情人微笑……

贝拉的新情人是个亚美尼亚人，粗壮，皮肤黝黑，有着埃及舞女般的杏仁眼，浑圆的臀部像个地中海东岸的地毯商人。因为他低声下气，而且很健谈，卡罗尔挺喜欢他。埃莱娜则又听到从童年开始就伴随着她、似乎要陪伴她终生的老生常谈，像一段不可捉摸的旋律。墨西哥、巴西、秘鲁的油田和金矿，铂金矿，绿宝石矿，珍珠围场，机械电话机和剃须刀，垄断电影，奶酪，印染材料，纸张，锡矿，百万，百万，百万……

"是我，是我造成的，"埃莱娜痛苦地想，"烦得人受不了……过去还有马克斯……本来马克斯可以一直存在下去的，直到死……我曾想改变我们的生活，像一个孩子试图用他柔弱的小手去阻止一股激流，结果是一个肥胖的地中海东岸商贩，一个油枯灯尽、面色苍白的男人，还有这个老巫婆。"想到这儿，她看了看她母亲，面对这张精心粉饰过的、光华已逝、写满沧桑的脸，心中有的不再是仇恨，而是恐惧。看这母亲薄薄的嘴唇抹得猩红，刻着数不清的皱纹，那是数不清的泪水凿下的痕迹，她心中不禁交织着同情、恐惧和内疚。她绝望地想：

"每个人都要经历这些……"

她环顾四周，无数女子的身材还貌似少女，可容颜已惨不忍睹，脂粉遮不住皱纹、斑点、沟沟坎坎……无数男子冲妻子的情人微笑，无数年轻姑娘满场飞舞，和她一样无忧无虑，看上去也很快活。她脑中闪过她的裙子、男伴、跳舞……这时，她轻轻碰了碰父亲的胳膊：

"爸爸，别再喝香槟了……好爸爸，这会伤身体的……"

"怎么会呢，这是什么傻话！"他不耐烦地应道。

有一天，他说：

"你知道，这让你有力气熬夜……"

"可为什么要熬夜？"

"不然干什么呢？"他苦涩的微笑还不及牵动嘴角已经一闪而过。

埃莱娜看见亚美尼亚人还在暗中偷偷地往卡罗尔杯里加香

槟酒。

"他为什么这么做？……仿佛他不明白他老了，身体不好，酒会伤害他……"

亚美尼亚人有着舞蹈演员的臀部，然而也有一种波斯人贪婪、狡诈的气质。他剃平头，露出青色的头皮，鹰钩鼻，厚厚的嘴唇像覆盆子……

"这不可能，"埃莱娜惊愕地想，"这不可能！……他年轻时一定是卖花生的……"

"不过他不会害爸爸……她一定付钱给他了。他应该知道钱是爸爸给的……相反，尽量长久地留住爸爸才是他的利益所在……"

一天，他长睫毛下的目光闪烁，做作地看着她说：

"啊！埃莱娜小姐，我喜欢卡罗尔先生……可你不会相信我的……我把他当作父亲一样……"

"她爱他吗？"埃莱娜想，她母亲搂着情人跳舞，他们在亮光可鉴的舞池中擦身而过，"她老了，对自己的衰老感到绝望，所以花钱去买幻景……"

她并不知道贝拉还在追寻其他东西：冒险的感觉，只有这能满足她。从前有马克斯对她的霸道、嫉妒，可是，随着她渐渐老去，她需要更强烈的震撼。她需要有人令她感到"这个男人能要了我的命……"她看着情人手中的水果刀，产生了一阵快感。

他呢，也不是个坏人，但是他知道卡罗尔因为了解自己对赌博的狂热，为了避免财富尽失，一早就把所有财产都转到他妻子名下。他并不恨卡罗尔，他满脑子是东方人绚丽、奢华的想象。他爱贝拉，爱的是她的整体，他爱的包括她施过脂粉的脸、珍珠、钻石、松弛了的皮肤上的皱纹。他本不想害死卡罗尔,可他既然已经病了,他就不介意从后面推上一把,加速命运车轮的转动。他无数次地设想;假设卡罗尔死了,他就将娶他的遗孀。钱,他不会拿到赌桌上去挥霍。他在想象中已经构建起强大的企业,飘飘然地起名为"……国际金融……股份……联合有限……"那语气像是在说情话……啊!他就可以利用卡罗尔的财产,吸引政客们蜂拥而至,只要有美酒、漂亮女人、盛大宴会以及数不尽的黄金……他手里绞着衣襟,梦想着矿井、油田,露出充满父爱的温柔的笑容,让埃莱娜不寒而栗。

卡罗尔咳得很厉害,现在这种情况发生得越来越频繁。他忧伤地摇摇头:这可怜人显然已走到了头。有时,他想找个办法取代卡罗尔的位置,但当时一切都变幻无常。钱是他的,他可以给,也可以收回。他向卡罗尔凑过去,亲切地对他笑笑,把手放在他胳膊上:

"再来一杯香槟吗?……冰镇得恰到好处,味道好极了……"

他们清晨才回到家,埃莱娜怀里抱满布娃娃以及跟舞裙搭配的饰物。贝拉疲惫不堪,哈欠连天,不高兴地说:

"总是老一套……真烦人,这些小晚会……"

"那你干吗去?"埃莱娜轻声道。

"你想我做些什么呢?"贝拉粗声说,"等死吗?……还是等你嫁人?……瞧,"她突然变得很诚恳,"我现在的年纪,才是需要有个孩子的时候……你以为这世上有谁能逃得过爱情吗?"

九

比亚里茨，清晨，整个酒店还在沉睡中，埃莱娜到空无一人的海滩上跑步。在酒店的长廊里能闻到雪茄冷却了的烟味，长廊的尽头连着海湾，吹来阵阵纯净而有力的海风，带着咸味的空气中掺杂着海上的水汽。电梯还不时搭载最后的乘客升上来，有累得步履蹒跚的女人，脸颊上橘红的胭脂被擦去了，还有穿着体面的男士，在清晨的阳光下面如菜色。

这是秋天，海滩上空荡荡的，潮水涨得很高，空气似乎也湿了，显出五彩斑斓的颜色，闪烁着无数火花。

埃莱娜跑进海里，咸咸的海水在她身上拂过，仿佛洗净了熬夜的困倦和生命中的污点。她躺在水中，笑着看看头顶的天空，感慨地想："当人拥有这一切的时候，实在无法忧愁：海的气息，指间滑过的流沙……空气，海风……"

她回去得很晚，幸福地感受着裙子下面那清新而依然潮湿的身体。她随意绞了绞湿漉漉的头发，然而又有些为自己感到羞耻，觉得这样幼稚的做法就能令自己如此开心，是很愚蠢的表现。

生活还在怪诞而飞快地继续，像一场赛跑，空虚而永无止境地奔向一个不可知的终点。

那段时间，新开了一家俄罗斯夜总会，位于比亚里茨和比答尔[①]之间。一座小房子，墙上绷着浅红的绸缎，上面用金线绣有

[①] Bidart，法国西南一沿海城市。

皇家老鹰标志。卡罗尔拥有这间店的股份：如此一来，饮酒的乐趣就愈发高涨，因为每瓶酒有百分之十的折扣。

那一晚，卡罗尔夫妇大宴宾客。在他们身边，人们遍尝美食，开怀畅饮，谈情说爱，花的是鲍里斯·卡尔罗维奇的银子。时不时地，一阵沉重的咳嗽声急剧响起，损害着那脆弱、衰老的胸膛。这可怜人的骨架似乎已经支持不住，渴望去睡觉休息了。

坐在埃莱娜对面的，是大公，他的到来吸引了许多美国人，就像蜂蜜招惹苍蝇一般，大公在那儿摆开了阵势。他的亲信围在身边，名不副实的王孙贵族以及其他一些名副其实的人，两个贫穷、贪婪的阶层，石油商、国际金融家、军火制造商、职业舞蹈演员、昔日国家舞蹈学校的学生、高贵或廉价的妇人，贩卖鸦片和少女的商贩……在埃莱娜眼中，每一个人脸上无不戴着一副无忧无虑、纸醉金迷的面具，面具下却是疲惫不安的面容。光线十分暗淡，美丽的夜色透过敞开的玻璃窗静静地铺洒进来。

外面也有人在跳舞。女士们的舞裙和胸前的珠宝在夜色中像鱼鳞般闪闪发光，她们跳慢舞的时候，仿佛鱼儿在鱼缸里游动。

那位大公站了起来，演奏爵士乐的黑人喝得烂醉，歪歪倒倒地用喇叭和铙钹演奏《上帝拯救沙皇》。尊贵的客人在站得笔直的一溜侍者中间走过，身后的女人们裹着银鼠皮，穿着细高跟鞋，因为困乏、疲倦和酒精而步履踉跄；喝醉了的美国女人们也站起来，在大家经过时排成一行，行屈膝礼。那位罗曼诺夫家族的后代缓缓走了出来，一名搽了粉的仆役举着燃烧的银质烛台在前头引路。他来到卡罗尔夫妇桌前停下，吻了吻贝拉的手，向卡罗尔做了个友好的手势，然后走了。

"你从什么时候开始认识他的？"埃莱娜问。

"从我借给他一万法郎起。"卡罗尔笑着说。他还保留着孩童般的笑容,皱起整张干巴巴的脸开心地做了个鬼脸,可随后却伴以痛苦的呻吟。他咳嗽着,不像平时那么痛苦,但眼中闪过一丝不安的神情。他掏出手绢,颤抖着手将它放在嘴唇上,手绢沾满了鲜红的血迹。他惊恐地望着埃莱娜。

"这是什么?……我……我一定是弄破了一条血管……嗯?……一条细细的血管。"他喃喃地道。

他重重地跌坐到椅子上,看看周围,似乎预感到这将是他最后一次看到这些灯光、女人、蔚蓝的夜晚、金钱,可他还是尽力保守秘密,最后一次付账,最后一次微笑,对客人轻声说:

"没事……只是有点不舒服……应该是一根小血管破了,一根细细的血管破了……你们看,现在已经好了……明天见……"

十

鲍里斯·卡罗尔又拖延了一段时间,游历了几个水城,接着去了瑞士,尔后衰弱不堪地回到巴黎。直到最后一刻,他都努力挤出笑脸,不愿服输。只有一次,在埃莱娜面前,在奥弗涅[①]的一个小温泉疗养所,外面下着雨,一道阴沉的青光穿过湿嗒嗒的树叶,他说:

"结束了,现在……"

他站在衣橱的镜子前,手里拿着两把乌木梳,交替着用它们慢慢梳理他白色的细发,使头发平滑。忽然,他停下来,凑到镜子前,它映照出花园明亮的绿色和他苍白、暗黄的脸,他气色更不好了,衰弱到接近生命的极限。埃莱娜坐在他身边,悲伤地听雨点坠落的声音。他举起长长的手指,凄凉地微笑着,用口哨吹起歌剧《茶花女》的曲调,轻轻哼唱道:

"再会,美丽的茶花女……"[②]

他向埃莱娜转过身,严肃地看着她,摇摇头说:

"是啊,女儿,就是这样了,无论你或我都无能为力的……"

随后他离开了房间。

与此同时,钱财开始散失,和它来的时候一样,没有来由……卡罗尔还在赌。尽管咳血,他还是躲着埃莱娜和医生,把自己关在温泉疗养所小得可怜的赌场里,每次都赌输。他感到这

[①] Auvergne,法国中部一地区名,多火山。
[②] 此处原为意大利文。

是他生命中最倒霉的时候，可还是不停手。在股市也赔钱，每一家公司破产，他都有股份。他自我安慰道：

"幸好我把钱都登记在贝拉名下。万一什么都没了，至少还剩几百万，这可是要留着最后用的……"

有一天，他咳血咳得比平时更严重了，只有埃莱娜陪着他。他刚接到一封信，通知他一家公司的破产，而他拥有这家公司大多数的股份。他面无表情地看完，对埃莱娜只说了句：

"真不走运，嗯？……不过会好起来的……"

过了一会儿，血开始大量地从他气喘吁吁的口中涌出。埃莱娜照医生交代的办法替他止住了血，他平静了下来，脸色苍白，虚弱无力。她跑去找她母亲，母亲正在浴室里享受按摩，室内溢满了香脂、花草和樟脑的味道。贝拉坐在三角穿衣镜前，一名女按摩师站在旁边，给她脸上抹一种液状的灰浆。埃莱娜上气不接下气地喊道：

"快来，快，他又吐血了……"

贝拉往前挪了一下，慌张地说：

"噢！上帝，多么不幸啊！……去，快回到他身边去！我不能动……"

"我再说一遍，他吐血了，你必须马上来！"

"可我也再说一遍，我不能动……这是很难操作的步骤，她正脱去我脸上的皮肤，可能会毁了我的脸……你在那儿干什么呢？"她怒不可遏地吼道，"去叫医生，别像电线杆似的呆着。干点有用的事。我五分钟后到！"

等她总算来了的时候，出血已经完全止住了。卡罗尔很平静，他对埃莱娜使了个眼色：

"去吧，亲爱的，我有话和你妈妈说……"

他们整个下午都关在里面。房子里安静极了，埃莱娜从一扇窗走到另一扇，面对生活的不幸感到软弱、悲哀、无助。最后，母亲从房间里走了出来，哭哭啼啼地说：

"他想取回给我的钱，"她激动地对埃莱娜说，"可我什么都没有了……还不到一万法郎……我偷偷把钱投到糖生意里，刚刚赔了本……这都怪他！他对我说是桩好买卖……有什么办法呢？这就是命……何况这可怜的人，无论如何，他也享受不了多久了……"

"她真能撒谎，"埃莱娜心想，"她留着钱给她的情夫。"

贝拉接着说：

"再说，我不明白你父亲的话，他不可能一点钱也没剩下，瞧……"

"为什么不可能？"埃莱娜冷冷地问。

"因为他拥有相当可观的财富……"

"它们很快没了，就是这么回事……"

"有什么办法呢？"贝拉重复道，耸耸肩，"真可怕……"

她又开始哭。过去，对于她想要的东西，她总是以粗鲁、蛮横、高高在上的态度获取，可现在尽管她不情愿，岁月还是击垮了她。男人们不再爱她，不再像从前那样对她百依百顺。于是孩提时的习惯又从遥远的记忆中重新浮现，她像个被脆弱的母亲宠坏的胖女孩，爱哭、爱心血来潮、神经脆弱，眼泪说来就来，一来就泪如泉涌。她哽咽地喊着："我真太不幸了！老天，我到底做错了什么要接受这样的惩罚？"

鲍里斯·卡罗尔听到了，走进来，走得很吃力，他温柔地用手抚摸她的头发：

"别哭，亲爱的……会好起来的……我会好的，一切都会好起来，现在有些不顺，是个小关卡。"他的声音虚弱而急促。

等她走了，他又转身对埃莱娜说：

"可怜的女人，我不该把钱交给她。"

"她撒谎，爸爸。"埃莱娜咬着牙道。

可是他突然火冒三丈：

"闭嘴！你怎么敢这样说你的母亲？"

埃莱娜哀怨地看着他，没有回答。他低声说：

"既便这是真的……她说得对……我会输光一切……我的好运一去不复返了……"

他顿了顿，机械地重复道：

"既便这是真的……"

他不说话了，埃莱娜知道他在想：

"既便这是真的，我也宁愿当作不知道……"

因为这男人需要尊重，需要氧气和幻想，哪怕只有一丁点儿，否则他活不下去。他心中仍觉得妻子是那个让他迷恋的高傲少女，萨甫洛诺夫家的女儿，穿着舞裙的年轻少女；是那个穿着晨衣，往秀发上喷洒香水的女人，对他来说，这是精致优雅、宽裕奢华的生活的象征。后来他认识了更年轻更漂亮的女人，但对妻子始终保留着同样的仰慕和温情。或许，他太骄傲了，不愿承认失败，即使在家庭生活上的失败……他总是固执地拒绝承认现实！……埃莱娜还记得在彼得堡的那一幕，还是孩子的她在课本上偷偷写下的那些直白、坦率的话。他缓缓地用手捂住她的眼睛：

"跟我来……我想整理一下文件……"

她跟他来到书房。他呼吸急促，轻声地对她说：

"拿这把钥匙，打开保险箱。"

里边有一个雪茄盒，一瓶陈年白兰地，一个破旧的钱包里装着几叠百元法郎的钞票，那是第一次蒙特卡罗旅行的纪念品……他将这些捧在手里，抚摸着，在手中不断掂量：

"亲爱的，把黄色信封里的那张纸拿出来，念给我听，不过读得要慢，要清晰……"

埃莱娜读道：

"巴西竞赛公司一万七千股……"

他把脸埋在手心里，声音很轻，显得沉闷、压抑：

"破产了……"

"比利时炼钢厂……两万两千股……"

"被法院清算了……"

"桑塔·巴巴拉温泉疗养所……一万两千股……"

"破产……"

"贝尔维尤赌场……五千股……"

这一次，他甚至连答都不答，只是懒懒地笑着耸了耸肩。她继续读，每读完一个名字，他都用同样沮丧的语气回答：

"暂时只能放着……"

埃莱娜慢慢将单子折起来：

"就这么多了，爸爸……"

"好的，"他说，"谢谢，我的小姑娘……现在去睡吧，很晚了……有什么法子呢？……这不是我的错，我从没想过自己会这么早就结束……生命如此短暂……"

埃莱娜离开他走了。自从生病后，他就一个人住在房子的另一侧，天黑以后，他决不会穿过客厅，因为客厅的窗户从早到晚都敞开着，医生嘱咐要开窗让空气流通。埃莱娜回到了自己的房间，母亲的房间里亮着灯，盥洗室将尽头的两个房间隔开来。埃莱娜经过盥洗室的时候，瞥了一眼玻璃门，因为她听见一种特殊的声响，那是剪刀剪厚纸捆的声音。贝拉坐在床上，半裸着身子，脸部已进入夜间程序，蒙着一层霜状面膜，下巴上用一条橡皮带扎住，膝盖上放着一叠折放整齐的票据，埃莱娜见上面写着："国家信贷银行……"她用剪子剪开信封，取出放在信封内的票据。

"给她情人的小礼物。"埃莱娜心想。

她把脸贴在玻璃上，屏住呼吸，贪婪地看着母亲。她好像从来没有这么细致地观察过贝拉，如此平静、冷漠。母亲的身材依然保持得很好，肩膀和胳膊都很美，保养、按摩、形体锻炼造就了"一副好衣架"，可就像把另一个女人的头安放在一个失去头颅的身体上，在她圆润、白皙的美丽肩膀上竖着的却是一节巫婆的脖子，它不可避免地显得干瘦，形成一圈圈沟壑，上面绕着珍珠项链。所有美容品的牌子都在脸上搽过，按理应该让脸变得更光滑、更年轻，可实际上只是把它变成一个实验室、试验场。何况，任何脂粉也掩盖不了的，是埃莱娜所认识的这个女人自私、冷酷、残缺的灵魂。她的仁慈、温情只为马克斯流露过，而衰老使她僵化，成了魔鬼。她的冷酷和不耐烦从她眼睛里就能看出来。她刷得又硬又直的睫毛下，两只眼睛睁得老大，枯瘦的嘴里恶习不改，谎话连篇，口是心非，残忍和狡诈写在脸上，苍白、绷紧的脸在面膜下毫无表情。

埃莱娜蹑手蹑脚地离开了。

"得让爸爸看到这一幕,"她想,"让他把钱拿回来……"

可当她回到客厅时,父亲闭上眼睛睡着了,脸色苍白,嘴角疲惫地下垂。她明白他将不久于人世,剩下的时间已经不多。她俯下身子,轻轻吻了他的额头。他喃喃道:

"是你吗,贝拉?"他闭着眼睛满足地轻叹了一声,又睡过去了。

没过多久他就死了。死之前他很安静,一直在打盹。他躺在床上,头落到床铺边缘,已经没有力气把它抬起来,仿佛有股隐形的重量将它往地上拖,银白的长发垂在颈上。虽然是六月,天气却寒冷而潮湿。他不耐烦地把被子踢到一旁,光着的脚露了出来。埃莱娜把他苍白而冰凉的脚捧在手里,徒劳地想让它暖和起来。他摆摆手,指着桌上的钱包,示意埃莱娜打开它。里边有五张一千法郎的钞票,他低低地说:

"给你……给你一个人的……我所有的都在这儿了……"

他叹口气,看着窗外。护士放下了窗帘。

"你想睡觉了吗,爸爸?"埃莱娜问。

他叹息着,黯然道:

"睡觉……"

他把头枕在手里,死亡的那一刻,他重又找回了孩子般甜美、安详的笑容。他合上疲惫的双眼,挺直身子,再也没有醒来。

十一

卡罗尔的葬礼在一个寒冷的夏日清晨举行。天下着雨,那是个大清早,没几个人有勇气这么早爬起来为他送行,尽管送来的花很漂亮。

埃莱娜一滴眼泪也流不出,心已被痛苦麻痹。

贝拉为要不要化妆而犹疑不决,黑色面纱下,她的脸苍白而浮肿。她哭着,伸出沾满泪水的脸颊,接受和她一样涂脂抹粉的老巫婆们的亲吻,并悲哀地念叨着:

"我现在一个人了……啊!说了又有什么用,没人能取代丈夫……可是,我没勇气哀悼他。他遭了那么多罪,他需要安息……"

坐在回家的车里,她不停地抽泣,可是一到家,她马上把情夫找来,两人开始用死者所有的钥匙试图打开保险箱。

"开吧,开吧,"埃莱娜心里产生了带有报复性的冷酷的快乐,想起她几个星期前看过的那个开得大大的空匣子,"我真想看看他们的嘴脸……"

她环顾四周,慢慢将脸埋进手里:

"我在这儿干什么?"

她一阵哽咽,但还是哭不出来。她把手放在胸前,像要抛去压着她的重量。没用,她的心依然沉重、坚硬得像石块。

她喃喃自语:

"为什么留在这儿呢?我在这儿干什么?那可怜的人死了,还有什么值得我留恋?我二十一岁了,父亲离家的时候远比我现在年轻。他很有本事，他当时才十五岁。他经常讲给我听。我只是个女孩子，可是我有勇气。"她这么想着，沉痛地攥紧拳头。

她听见楼上母亲的脚步声以及开门关门的声音。他们想必是在死者的房间里翻箱倒柜了……

埃莱娜将父亲给她的钱放进包里，把扔在床上帽子和面纱重又捡起来。她的手在颤抖，可眼下只有一件事让她担心：怎么把猫带走，她的汀达贝尔。幸好，它个头还小，也很轻。她把它放进篮子里，又拿了一个她早已装了衣服的小行李箱。走之前，她来到镜子前，看着自己的脸，苦涩地笑了笑。她穿着黑衣，脸色苍白憔悴，黑面纱一直绕到脖子上，一只手提着箱子，另一只手抱着猫，看上去像一个要移民到外国的孩子被遗忘在码头。可同时，自由的微风吹开了她的心扉。她轻轻吸一口气，摇摇头：

"是的，只有这么做了。她不会去找我的，首先，我已经成年了，再说，能摆脱我她不知会有多高兴呢！"

她摇铃唤来女仆：

"朱丽叶，"她说，"仔细听我说。我要走了，要永远离开这个家。等到晚上你再去告诉我母亲说我走了，让她不用找我，因为我再也不会回来了。"

女仆哭着说：

"可怜的小姐……"

埃莱娜的心中感到一丝暖意，拥抱了她。

那姑娘又问：

"我去叫辆出租车，帮你把箱子和猫搬上车。或者，要是小姐想让它待到明天，你把地址给我，我把它送过去？……"

"不！不！"埃莱娜急忙说，把汀达贝尔紧紧搂在胸前。

"我去叫出租车吗？"

可是埃莱娜对自己要去什么地方毫无头绪，所以拒绝了她。她打开门。

"回到楼上去吧，别出声，尤其要记住天黑以前不要告诉她。"

她溜出屋外，迅速转过街道拐角，走上香榭丽舍大街，然后喘着气，她跌坐在一张长椅上。第一步还算容易，找辆汽车、一家旅馆、一张床。

"我想睡觉。"她想。可她没有动，而是快活地呼吸着充满活力的清新空气。她脖子上围着的黑纱被潮气弄得又湿又沉，但这么长时间关在病人的房间里生活，使她无比渴望自由的空气。她摘掉手套，把手伸进篮子里，轻轻抚摸打着呼噜的猫。

"幸好它并不重，"她心想，"我想我宁愿留下也不愿抛弃它。""汀达贝尔，老伙计，我不知道你能不能完全听懂这些话。走吧，你看着，我们会幸福的。"她对猫说。

第一次泪水夺眶而出，在她脸上尽情地流淌。她感到很孤独。香榭丽舍大街下着雨，空无一人。渐渐地，她暖和起来，血液在血管里越来越轻快、越来越热烈地流动。

她仰起脸。起风了，卖玩具和麦芽糖的小商店在雨中闪闪发光。雨现在几乎已经停了，只有几滴细细的雨点斜斜地飘落，又马上被风吹干，低处的林荫道上，沙子浸泡在一汪橙黄色的死水中。

"我不愿离开父亲，"埃莱娜想，"可他死了。他现在得到了安宁，而我，我自由了，自由。我摆脱了我的屋子、童年、母亲和我憎恨的、压在我心口的一切。我把这一切都扔了，我自由了。我要工作，我还年轻，身体也好。我不怕生活。"她这样想着，温情地望着阴郁的天空、绿油油的大树、挂满雨水的树叶和从两朵云中探出的阳光。

一个小女孩经过，啃着苹果，看着自己的齿印，笑了起来。

"走吧！"埃莱娜对自己说。

可旋即又想：

"为什么要走呢？没人阻挡我，也没人召唤我。我是自由的。多么自在……"

她闭上眼睛，温柔地倾听风的声音。西面吹来的阵风，显然来自海边，还带有海洋的气息。云朵时而散开，射出无比刺眼灼热的阳光，时而又聚拢成厚重的乌云。当阳光闪耀的片刻，一切都闪闪发光，树叶、树干、潮湿的长椅、树枝，连轻轻落到地上的雨水也是闪亮的。埃莱娜的脸颊暖和了，双手蜷在两膝中间。她侧耳倾听风声，像在听一个老朋友说话。风从凯旋门下吹来，吹弯了树梢，绕住埃莱娜欢快地呼啸、跳跃。纯净有力的风驱散了巴黎的阴霾，晃动着树木，仿佛有一只如上帝之手一般粗大强壮的手撼动着树干。栗子树摇摆着，沙沙作响。风吹干了埃莱娜的泪水，刺得她眼睛生疼，仿佛穿过了她变得冷静、轻松的脑袋，吹热了她的血液。她猛地摘下帽子，卷到手里，额头向后仰，感受到一种无法解释的震撼，于是她笑了，轻轻地向前凑着嘴唇，想留住这呼啸而过的狂风，品尝它的滋味。

"我不怕生活，"她想，"这几年算是在学习。这段时间的确特别艰难，可这锤炼了我的勇气和骄傲。这是属于我的不可剥夺的财富。我孤独，但我的孤独苦涩而又令人陶醉。"

她听着风声，感觉它强烈得如同海风，深远、庄严、欢乐。

它的声音，由尖利、刺耳、吵闹，慢慢汇成雄壮的和弦。秩序仍然有些紊乱，像交响乐开始的时候，耳朵刚听出主旋律的轮廓，马上又找不着了，于是失望地继续寻找，突然又找回来了，这一次知道它再也不会丢了，它属于另一个更强更动听的序列。她放心了，充满信心地听疾风骤雨般的音符扑面而来。

她站了起来，这时，云开了，湛蓝的天空出现在凯旋门的后面，照亮了她前进的道路。

译后记

黄旭颖

《孤独之酒》首次出版于作者伊莱娜·内米洛夫斯基被纳粹逮捕前的一九三五年,和作者短暂的一生相似,这部作品也如昙花一现,随着作者被杀害于奥斯维辛集中营而消失在读者的视野中。直到二〇〇四年内米洛夫斯基的遗作《法兰西组曲》荣获法国雷诺多文学大奖之后,它和作者的其他诸多作品才重新浮出水面。

伊莱娜·内米洛夫斯基的父亲是犹太银行家,母亲是没落贵族小姐,母女关系一向紧张,这在她的许多部作品中都有所反映。了解了这些背景,读者便不难看出,《孤独之酒》是一部自传体小说,作者借书中的主人公埃莱娜描述了自己不快乐的童年:永远缺席的母爱,畸形的爱情,匮乏的友情,令她一步步陷入孤独的困境。

故事从埃莱娜的出生地——乌克兰第聂伯河畔的一座小城——开始,埃莱娜的父亲——鲍里斯·卡罗尔在一家纺织厂当经理,原本一家人过着悠闲的中产阶级生活,然而父亲突如其来的失业打破了平静的生活,而失业的原因竟是妻子贝拉的奢侈生活引起了老板的不安,他担心鲍里斯早晚有一天为维持妻子的豪华排场铤而走险。

鲍里斯被迫撇下家人远走西伯利亚，在那里掘得第一桶金，此后更飞黄腾达。与此同时，贝拉也不甘寂寞地自顾玩乐，对女儿埃莱娜依旧不闻不问，只将她交给来自法国的家庭教师罗斯小姐照顾。罗斯小姐优雅温柔，沉默寡言，埃莱娜在这世上"喜欢的人只有她"，对她十分地依恋。

几年后贝拉和埃莱娜先后来到彼得堡与卡罗尔团聚，但埃莱娜从到达的第一天起，就察觉到已经先她一步到此的表兄马克斯和贝拉之间的暧昧关系。虽然当时她心里还"不安地想这个陌生人将给她带来什么，是好运还是厄运"，但出于令人恐惧的早熟，她还是隐隐约约预感到"今后真正主宰她生命的将是他"。埃莱娜试图婉转地向罗斯小姐求证，被罗斯小姐慌忙制止了，她担心一旦被贝拉发现，就会送埃莱娜去寄宿学校，而她也就没有待下去的理由。

然而看着母亲和马克斯寻欢作乐，父亲忙着赚钱，对此睁一只眼闭一只眼，埃莱娜对这个荒唐的家庭实在无法忍受了，有一天她忍不住将这幅怪诞的景象用文字写了出来，不巧被贝拉发现，恼羞成怒的贝拉将所有怨气转嫁到罗斯小姐身上，不论埃莱娜如何苦苦哀求，执意要家庭教师离开。罗斯小姐表面平静地接受了，却在两天后带埃莱娜出门散步时丧失心智，迷失方向，最后心力交瘁而亡。

罗斯小姐死了，埃莱娜却哭不出来，因为痛苦都埋在心底，"泪水仿佛填满她的心房"，沉重得"像石头"。夜晚失去罗斯小姐的陪伴，她恐惧而惊慌，但她骄傲地不让父母知晓，因为他们"不配"。她将罗斯小姐的物品锁进一个小箱子，从此再也不曾在家人面前提起她的名字。可同时锁进她心里的，还有对母亲、对马克斯深深的仇恨,她对自己说"我要杀了他们"。

如果说,此前的埃莱娜还是一个小女孩的话,那么罗斯小姐的死可谓成了她从小女孩向少女转变的转折点。为了躲避战争,一家人逃到芬兰。在那里,埃莱娜遇到了年轻的弗雷德·赫斯,后者引诱她,而她出于叛逆心理,也乐于通过与他的交往来报复母亲。他们偷偷约会了相当一段时间,直到局势恶化,大家被迫自谋出路。但分手并没有给他们带来多少痛苦,弗雷德很自然地选择和妻子儿女一起离开,拒绝了埃莱娜想和他们一起走的要求。而埃莱娜在和家人逃到赫尔辛基后也很快忘了他。他们之间的关系谈不上是爱情,弗雷德是为了寻求平静生活以外的新鲜刺激,而对十六岁的埃莱娜而言,这样一段经历给了她男女情爱的最初启蒙,令她很自然地想到,既然自己可以轻而易举地取悦于弗雷德,为什么不能是马克斯?

埃莱娜暗暗制定了复仇计划,要把马克斯从贝拉那里夺过来,让她痛不欲生,然后再甩了他,这样她就一举两得地报复了他们两个人。随着岁月的推移,贝拉和马克斯的关系也发生了变化,他们开始频繁地争吵。埃莱娜乘虚而入,毫不费力地就使马克斯拜倒在她的裙下,无可救药地爱上她。看着贝拉为失去马克斯憔悴不堪,埃莱娜却感受不到一丝快感,反而心生怜悯。终于,马克斯决定和贝拉决裂,要埃莱娜随他远走英国,遭到埃莱娜的拒绝,分手前,她告诉他,她不可能爱上一个毁了自己童年的人。最后马克斯黯然离去。

就这样,她成功地实施了自己的复仇计划,却没有成功的喜悦。再说她也没有时间去感受,因为父亲鲍里斯的健康状况急转直下,一并垮了的还有他先前积累的财富。贝拉对此漠不关心。

不久鲍里斯病故，埃莱娜觉得这个家再没有什么值得她留恋，于是在参加完父亲的葬礼之后决定永远地离开。她悄悄地出走，身上只带了父亲最后留给她的五千法郎和一只猫。虽然是第一次独自离家，她却没有丝毫恐惧，心中有的是对获得自由的欣喜和对未来的希望，挣脱了她所憎恶的一切，"我自由了"。

《孤独之酒》不像内米洛夫斯基的其他许多作品那样，以第二次世界大战的战火纷飞为背景，而是以俄国革命为引线，作者并没有花费太多的笔墨描写战争，但战争又似乎如影随形地跟着他们：因为战争使一家人逃离俄国来到芬兰边陲小镇，又因为战火的逼近他们离开小镇逃往芬兰首都，几经辗转才来到巴黎安定下来；埃莱娜的父亲鲍里斯是个投机家，和他的许多政商朋友一样，也是利用战争时期的社会经济动荡而攫取了惊人的财富。战争似乎时刻带给人们威胁和机遇，但始终不是主轴，仅仅起到推动故事情节发展的作用，这一点当然和作者创作的历史背景有关，当时纳粹针对犹太人发动的大屠杀尚未开始，欧洲还处在一片和平的气氛中，这与作者在生命晚期所创作的作品是有着很大差异的。

读罢全书，读者也许不禁要问，为什么书名叫做《孤独之酒》呢？书的末尾埃莱娜对自己说的一句话也许可以解开这个疑问："我孤独，但我的孤独苦涩而又令人陶醉"，这"苦涩而又令人陶醉"的滋味不正如品尝葡萄酒一般吗？从表面上看，埃莱娜的确是孤独的：母亲是个自私自利的人，这个女儿对她根本就是个包袱，更谈不上给予她母爱了；唯一深爱她的亲人父亲自小就少有时间与她共处；一直陪伴着她的家庭教师罗斯小姐虽然对她体贴入微，但出于谨慎的个性，极少与她交流内心的感想；她没有朋友，虽然偶尔会到小伙伴家里做客，但因为伙伴们的父母对她的家庭或多或少有些鄙视，并不时冷嘲热讽，出于自尊，她也不大情愿同他们交往。这些都造成埃莱娜从小就孤独而早熟的个性。

然而她又是"陶醉"在孤独中的，因为孤独无疑给了她时间，去读书，思考，分析，她在孤独中变得成熟，她学会了享受孤独。早在十岁的时候，她就开始在"寂寞中发掘出一份凄凉的魅力"，爱上了"漫漫长日中的极度宁静"。孤独如美酒，随着岁月沉淀，愈发散发出浓郁的芬芳。由于常年随父母四处迁徙，她的眼界也比同龄的孩子甚至比年长的人都开阔，她的见识比这些人"在漫长、枯燥的一生中见识的都多"。因此孤独的她并不痛苦，而是相反地获得了许多乐趣。虽然自小生活在比较优越的环境中，她对人世种种却有不同的认识，有自己的主张，她不愿像母亲或其他亲戚那样一辈子过寄生虫的生活，因此当两个她所深爱的亲人先后离开人世，她感到再没有任何事任何人值得她牵挂后，能够有勇气离家出走，决心用自己的双手创造未来的人生。虽然未来尚不可知，要靠她独自去奋斗，但当一个人连孤独都不怕的时候，还有什么可惧怕的呢？